KB035016

텔레비전을 10년 끊어보니까

텔레비전을 10년 끊어보니까

김우태 지음

마음세상

I. 텔레비전을 10년 끊어보니까

9_ 시간이 남아돌더라.

12_ 책을 읽게 되더라.

15_ 아들과 놀더라.

18_ 글을 쓰더라.

21_ 모르는 연예인이 생기더라.

24_ 미래를 꿈꾸더라.

27_ 내가 누구인지 알겠더라

30_ 아내 얼굴을 더 보더라

33_ 어머니께 더 많이 전화하더라.

36_ 뉴스에 놀아나지 않더라.

39_ 조용하니까 좋더라.

42_ 아이가 책을 보더라.

45_ 거실이 서재가 되더라.

48_ 아이를 걱정하지 않더라.

51_ 처남이 집에 안 오더라.

54_ 일찍 자더라.

57_ 주변 사람이 신기해하더라.

60_ 스포츠를 잘 못 보더라.

63_ 강연 요청이 오더라.

66_ 인터뷰 요청이 오더라.

69_ 태백산맥을 필사하더라.

72_ 성경을 필사하더라

75_ 시청료를 안 내더라.

78_ 연예인들이 급히 늙었더라.

81_ 유행어는 잘 모르겠더라.

84_ 여론몰이에 휘둘리지 않더라.

87_ 노래 습득이 잘 안 되더라.

90_ 인세가 들어오더라.

I

텔레비전을 10년 끊어보니까

시간이 남아돌더라.

1. 우리는 텔레비전에 정말 많은 시간을 버리고 있다.

2. 부자이든 가난하든 가장 공평하게 주어진 것이 시간인데

3. 보통 가난한 자들이 시간도 낭비하는 경향이 있다.

4. 가난과 텔레비전은 어떤 상관관계가 있는 것일까?

5. 텔레비전에 중독되었을 때 나는 가난했다.

6. 부모에게 용돈을 타 쓰던 시절이라 그런지

7. 돈이 하나도 없었다.

8. 용돈을 받으면 곧장 쓰기 바빴고

9. 돈을 모으는 법을 몰랐다.

10. 텔레비전을 끊고 나서는 돈이 붙기 시작했다.

11. 당연히 사회생활을 했으니 돈이 생길 수밖에 없었을 것이다.

12. 억지스러운 생각일지도 모르겠다. 그러나...

13. 보통 가난한 사람들이 텔레비전에 빠져있다.

14. 부자들은 텔레비전을 영리하게 이용한다.

15. 치고 빠진다.

16. 볼 것만 딱 보고 빠진다.

17. 그에 비해 가난한 자들은 텔레비전에 홀딱 빠진다.

18. 치고 빠질 것인가? 홀딱 빠질 것인가?

19. 내 말에 호응할 수 없을지도 모르겠다.

20. 텔레비전에 시간을 많이 쓰고 있다는 것은

21. 결국, 자신에게 시간을 쓰지 않는다는 말과 같다.

22. 자신에게 시간을 쓰지 않는데

23. 어찌 부자가 될 수 있겠는가.

24. 열심히 노력해도 될까 말까인데

25. 텔레비전에 시간을 홀라당 말아 잡쉈으니 될 턱이 없다.

26. 그래서 텔레비전을 끊으면 시간이 남아돌게 된다.

27. 늘 시간이 없어서 종종거렸던 하루가 푸짐해지기 시작한다.

28. 시간이 내 편이 되는 거다.

29. 시간을 좇는 게 아니고 시간이 나를 따라오게 하는 것이다.

30. 텔레비전으로 보내는 시간이 하루에 3시간이라면

31. 일주일이면 21시간이다.

32. 21시간이면 하루에 근접한 어마어마한 시간이다.

33. 이런 시간을 그러모아 다른 일을 했다면?

34. 보다 보람찬 날을 보낼 수 있지 않았을까?

35. 보다 부자가 되지 않았을까?

36. 누구에게나 공평하게 주어진 시간을

37. 사람에 따라 본인 스스로 불공평하게 만들어 쓰고 있다.

38. 돈은 다시 벌면 되지만

39. 시간은 한 번 가면 그만이다.

40. 그런 시간을 텔레비전에 손수 갖다 바치지 말자.

책을 읽게 되더라

1. 막막하다. 집에 텔레비전이 없어지면 정말로 할 게 없어진다.

2. 인간은 심심한 것을 참지 못한다.

3. 뭐라도 해야겠다는 생각이 든다.

4. 그동안 보지 않았던 책들이 눈에 들어오기 시작한다.

5. 할 게 없으니 책이라도 읽는 것이다.

6. 물론 컴퓨터로 게임을 할 수도 있고,

7. 핸드폰으로 게임을 할 수도 있지만,

8. 그런 것들은 일단 텔레비전과 함께 접어 두고

9. 다른 할 것을 찾다 보면

10. 독서밖에 없게 된다.

11. 처음에는 책이 눈에 들어오지 않는다.

12. 통 무슨 소리인지 알 수 없다.

13. 그런데도 계속 읽는다.

14. 왜?

15. 할 게 없으니까

16. 심심하니까

17. 그렇게 책을 들게 된다.

18. 한 줄 두 줄 읽다 보면

19. 분명 재미있는 부분이 생긴다.

20. 평소에 관심 있던 부분도 들어온다.

21. 주식이 관심이 있었다면 주식 책을 보자.

22. 부동산에 관심이 있었다면 부동산 책을 한 권 사서 보자.

23. 자동차에 관심이 있었다면 자동차 책을 보자.

24. 그러다 보면 재미가 생긴다.

25. 이게 바로 책 읽는 재미다.

26. 텔레비전으로는 맛볼 수 없던 경험을 하게 된다.

27. 그렇게 책이 한 권 두 권 쌓이게 된다.

28. 쌓인다는 건 뭔가 성취한 느낌을 준다.

29. 그래 나도 뭔가를 할 수 있구나.

30. 책장에 책이 꽂힐 때마다 점점 뿌듯해진다.

31. 텔레비전은 아무리 봐도 뿌듯함은 없었는데

32. 독서는 뿌듯함이 생긴다.

33. 그래도 가끔은 텔레비전이 보고 싶기도 하지만

34. 집에 텔레비전이 없으니 보고 싶어도 볼 수 없다.

35. 컴퓨터로 볼 수야 있겠지만

36. 참는다.

37. 텔레비전 안 보려고 결심 굳게 했으니까

38. 끝까지 참아보는 거다.

39. 심심할 땐 책을 본다.

40. 할 게 없으니까 책을 본다.

아들과 놀더라

1. 나도 심심하지만

2. 텔레비전이 없으면 아들도 심심한 법이다.

3. 나 같은 아빠를 두었기에 아들도 어쩔 수 없다.

4. 아들은 연예인 이름을 잘 모른다.

5. 유행가도 잘 모른다.

6. 다 내 덕이다.

7. 내가 텔레비전을 집에서 치워서

8. 아들도 무진장 심심해한다.

9. 그 덕에

10. 나는 퇴근하면 놀아주어야 한다.

11. 어쩔 수 없다.

12. 괜히 텔레비전을 치웠나 싶다.

13. 놀아주는 거 은근 힘들다.

14. 그래도 어쩌겠는가? 결자해지(結者解之).

15. 아들과 노는 게 꼭 좋은 것만은 아니다.

16. 자주 싸우게 된다.

17. 어떨 때는 아들이 착각하기도 한다.

18. 나를 형으로 여긴다.

19. 부작용이다.

20. 아내도 가끔 착각이 든다고 한다.

21. 나를 큰아들로 본다.

22. 텔레비전을 보면 아마도 싸우는 일은 드물겠지.

23. 야구도 하고, 바둑도 두고, 종이접기도 하고, 아발론도 하고, 책도 본다.

24. 텔레비전이 없다고 아이가 책만 보는 것은 아니다.

25. 책 보기를 원하는데, 요즘 들어 유튜브 보는 것에 빠진 듯하다.

26. 컴퓨터를 안 버려서 그런가 보다.

27. 텔레비전 보는 거나 유튜브 보는 거나 비슷한 거 아닌가.

28. 어제도 유튜브를 보다가 엄마한테 혼났다.

29. 컴퓨터도 버려야 하나?

30. 적당히 보는 거야 괜찮다. 아예 안 보는 것도 문제다.

31. 그래도 온종일 집안에 텔레비전이 켜져 있는 것보다는 낫다.

32. 그걸로 위안으로 삼는다.

33. 아들은 무진장 시끄럽다.

34. 하도 시끄러워서 별명이 '입 좀 쉬'다.

35. 재잘재잘한다.

36. 텔레비전 소리가 없을 뿐 아들 녀석 소리로 집안이 꽉 찬다.

37. 저녁밥 먹을 때도 쉬지 않는다. 뭔 할 말이 그리 많은지.

38. 텔레비전이 있었으면 조용했을 테지.

39. 어느 날 아이에게 물어봤다. 텔레비전 집에 놓을까?

40. 필요 없다고 하더라.

글을 쓰디라.

1. 심심하면 책을 읽기도 하지만

2. 글을 쓰기도 한다.

3. 예전에 회사 일로 몇 달간 공사현장 컨테이너에서 산 적이 있었다.

4. 그 당시에는 스마트폰도 없던 시절이었고 뭐 할 게 없었다.

5. 책도 없었다.

6. 종이와 연필이 있었고 나는 그걸 가지고 글을 썼다.

7. 그게 시간을 보낼 수 있는 가장 효과적인 방법이었다.

8. 집에 텔레비전을 없애고

9. 이런 증상이 또 도졌다.

10. 아! 인간은 심심하면 글을 쓰는구나.

11. 물론 나만의 얘기 일수도 있다.

12. 어떤 이들은 그림을 그린다든지

13. 또 다른 이들은 노래를 부른다든지 할 것이다.

14. 각자 생긴 대로 놀 것이다.

15. 만약 내가 그림을 그릴 줄 알았다면 그림을 그렸을 것이다.

16. 나는 책 읽고 글을 썼다.

17. 쓸 글이 없으면 책을 읽고 독후감을 썼다.

18. 그리고 그걸 팔았다.

19. 돈이 생겼고

20. 그 돈으로 치킨도 사 먹고 과자도 사 먹고 그랬다.

21. 그렇게 책 읽고 글 쓰고 팔면서 시간을 보냈다.

22. 할 게 없어서 그렇게 살았다.

23. 만약 내가 음악적 소질이 있었더라면

24. 아마도 작곡을 하지 않았을까 싶다.

25. 지금도 나는 매일 책을 읽고 글을 쓴다.

26. 매일 그렇게 산다.

27. 유일한 이유는 텔레비전이 없기 때문이다.

28. 만약 텔레비전이 다시 우리 집에 오게 되면

29. 나는 책도 읽지 않고 글도 쓰지 않을 것이다.

30. 그저 텔레비전을 보면서 희희낙락할 것이다.

31. 하루의 피로를 그걸로 풀 것이 분명하다.

32. 그래서 아직도 텔레비전을 집에 놓지 않고 있다.

33. 텔레비전 없이 10년을 산 지금!

34. 아직도 별 필요가 없다.

35. 아직도 없는 게 좋다.

36. 어제도

37. 오늘도

38. 내일도

39. 나는 매일 한 쪽의 글로 하루를 채웠다. 채운다. 채울 것이다.

40. 꼴통 출세했다.

모르는 연예인이 생기더라.

1. 가끔 식당이나 친척 집에 가서 텔레비전을 보는 경우가 생긴다.

2. 주말 드라마나 각종 드라마를 틀어놓는다.

3. 텔레비전이 있는 집은 어김없이 손님이 오면 텔레비전을 틀어놓는 거 같다.

4. 얘기 나누다가 텔레비전 보다가 웃긴 장면 나오면 웃는다.

5. 공통된 화제가 없으면 텔레비전에서 나오는 내용을 가지고 놀곤 한다.

6. 좋은 거다.

7. 우리 집 사람들은 내용을 잘 모르니까 그저 듣기만 한다.

8. 보통 주말연속극은 다 보는 거 같다.

9. 쟤가 뭐하는 애고, 쟤는 누구를 좋아하고, 쟤는 어쩌구 저쩌구...

10. 내용을 몰라서 물어보면 친절히 잘 알려주신다.

11. 10년! 강산도 변한다는 그 기간이 지나서 봤더니

12. 절반가량 모르는 얼굴이었다.

13. 물갈이가 잘 진행된 것이다.

14. 세대교체가 이루어진 것이다.

15. 김태희도 나이가 차서 결혼하였고,

16. 김지호도 이젠 제법 아줌마티가 나기 시작했고,

17. 다들 원숙미가 생기기 시작했다.

18. 새로운 얼굴들은 얼마나 신선한가.

19. 파릇파릇하다.

20. 그만큼 내가 나이 들어버린 것이다.

21. 가수는 또 어떤가

22. 요즘엔 떼거리로 다니나 보다.

23. 보조 춤꾼들이 필요 없어지겠지?

24. 내가 의도한 대로 모르는 얼굴들이 생기니까 기분이 좋아졌다.

25. 텔레비전을 끊기 전에

26. 나는 너무도 많은 연예인을 알았고,

27. 그들의 사생활까지도 많이 알았다.

28. 그렇게 살 필요가 없었는데

29. 텔레비전을 끊고자 작심했을 때

30. 앞으로는 연예인들 이름을 모르고 살고 싶다.

31. 내가 그들을 알아서 뭘 하겠느냐

32. 이제 나를 챙기면서 살겠다고 다짐했었다.

33. 이제 나는 모르는 연예인들이 너무도 많이 생겼다.

34. 다른 사람들이 그들을 얘기할 때 나는 모른다. 자연히 소외된다.

35. 그래서 너무 기쁘다.

36. 이런 따돌림이 좋다.

37. 군이 알 필요 없는 연예사를 내가 왜 알아야 하는가!

38. 아는 연예인들이

39. 하나하나 운명하는 것이

40. 안타까울 뿐이다.

미래를 꿈꾸더라.

1. 텔레비전에 매몰되었을 때 나는

2. 아무런 꿈이 없었다.

3. 아침에 일어나자마자 텔레비전을 켜고

4. 밤늦게 껐다.

5. 집에서 늘 누워있었다.

6. 텔레비전을 볼 때 움직일 필요가 없기 때문이다.

7. 늘 시선은 텔레비전에 고정되어 있었고

8. 텔레비전에 말하는 것에 길들어 있었다.

9. 생각이 필요 없었다.

10. 그냥 텔레비전이 보여주는 것에 관심을 가지면 될 뿐.

11. 내 생각은 필요하지 않았다.

12. 나의 꿈을 꾸기보다

13. 다른 사람들의 꿈을 엿보기만 했다.

14. 성공해서 텔레비전에 나온 사람들을 보면서

15. 그저 그들이 부러울 뿐이었다.

16. 내가 뭘 해야 할지

17. 뭘 잘하는지

18. 나는 몰랐다.

19. 그냥 하루를 그 녀석과 함께할 뿐

20. 나를 바라보지 못했다.

21. 녀석을 없애자 변화가 일기 시작했다.

22. 내 눈이 나를 보기 시작한 것이다.

23. 나를 너무도 소홀히 내팽개쳐 놓았다.

24. 나는 너무도 말라 있었다.

25. 영혼의 마름, 정신의 삭막...

26. 꿈도 희망도 없이 그저 텔레비전이 일러주는 것에만 길들어 있었다.

27. 나는 왜 나를 이 지경이 될 때까지 내버려 두었던 것일까?

28. 텔레비전에 중독되어 나를 전혀 돌아보지 않았다.

29. 다행스럽게도 텔레비전과 결별할 생각은 했으니

30. 이 얼마나 행운인가.

31. 나는 책을 읽고 꿈이 생겼지만

32. 원론적으로 더 들어가면

33. 텔레비전을 없앴기에 가능했던 일이다.

34. 나의 경우

35. 텔레비전과 독서를 병행할 수 없었다.

36. 둘 중 하나를 죽여야만 했다.

37. 텔레비전을 죽이자 책이 살았고

38. 그 덕에 나는 꿈을 갖게 되었다.

39. 물론 텔레비전을 통해서 꿈을 가질 수도 있었겠지만

40. 그놈으로 인해 꿈을 향해 나아가지는 못했을 것이다.

내가 누구인지 알겠더라.

1. 텔레비전으로 만날 남만 보다가

2. 그것이 없으니

3. 나를 보게 되었다.

4. 외부로 향했던 눈이

5. 이제야 내부로 향한 것이다.

6. 내가 유재석이 얼마나 웃기는지 알 필요가 있었을까

7. 박명수가 2인자인 걸 내가 알아서 뭐할까 싶다.

8. 나는 누가 봐줄까?

9. 나도 날 안 보는데 말이다.

10. 나는 누구일까?

11. 거기에 대한 고민을 나는 뺏긴 채 살았다.

12. 내가 무엇을 잘 하는지

13. 내가 뭘 해서 먹고 살지

14. 고민할 시간에

15. 나는 텔레비전을 봤다.

16. 슬픔이 몰려왔다.

17. 분노가 치밀었다.

18. 텔레비전을 없애고 나서야

19. 나는 그 사실을 깨달았다.

20. 텔레비전을 봐도 자신을 잘 아는 사람들이 있다.

21. 텔레비전을 통해 꿈이 생기는 사람들도 많다.

22. 그렇게 잘 이용했더라면...

23. 난 그렇지 못했다.

24. 텔레비전을 없애고 시간이 나자

25. 나에게 질문을 던지기 시작했다.

26. 넌 누구니?

27. 넌 왜 사니?

28. 넌 뭐 하고 싶니?

29. 이런 질문을 나이 서른이 넘어 했다.

30. 남들 10대에 할 고민을

31. 나는 20년 늦게 한 것이다.

32. 끝까지 물고 늘어졌다.

33. 나를 알고 싶었다.

34. 이렇게 죽기엔 너무 억울했다.

35. 30대 중반에 나는 지독한 사춘기를 겪었다.

36. 만약 텔레비전이 있었다면

37. 나는 아직도 그런 질문 없이

38. 유재석, 김구라를 벗 삼아

39. 나를 잊고 살았을 것이다.

40. 내가 누구인지도 모른 채로...

아내 얼굴을 더 보더라.

1. 텔레비전만 보면 눈만 높아진다.

2. 매일 멋진 여성들만 보니까 그러는 거다.

3. 그러다가 츄리링 입고 있는 아내를 봤을 때

4. 어땠는가?

5. 비교하면서...

6. 자연스레 비교되면서...

7. 뭐 그렇다.

8. 예전에는 겨드랑이털에 대한 거부감이 없었다.

9. 나 어릴 때만 해도 어머니는 겨털을 밀지 않으셨다.

10. 민소매를 입어도 겨털이 그냥 보였다.

11. 자연스러웠고 뭐 거부감도 없었다.

12. 그런데 언젠가부터 겨털에 대한 거부감이 들기 시작했다.

13. 다 텔레비전의 영향이었다.

14. 겨털은 혐오의 대상이라는 의식이 나도 모르게 생기기 시작한 것이다.

15. 분명 나중에는 중심 털에 대한 거부감으로 다들 밀고 다닐 날이 올 것이다.

16. 나도 모르는 사이에 텔레비전에 의해 의식이 바뀌게 된다.

17. 무섭지 않은가?

18. 미의 기준이 나도 모르는 사이에 텔레비전이 정해준 대로 가고 있다.

19. 그렇게 예쁘던 아내가

20. 오징어로 보이는 이유는 다 텔레비전 때문이다.

21. 당하지 말자.

22. 내 의식을 남에게 조종당하지 말자.

23. 텔레비전을 끊고 아내의 얼굴을 더 많이 보게 되었다.

24. 역시 예뻤다.

25. 텔레비전에 나오는 연예인들을 잘 모르니까, 잘 안 보니까

26. 아내가 그렇게 예뻐 보인다.

27. 미의 기준이 내 기준으로 다시 돌아왔다.

28. 사실, 텔레비전이 없어지면서 나에게도 유리하게 작용한다.

29. 잘생긴 남자 연예인들을 아내가 보지 못하니

30. 내가 잘나 보이는 거다.

31. 텔레비전을 본다면 얼마나 내가 오징어처럼 보였겠는가.

32. 다들 키도 크고

33. 잘 생기고

34. 돈도 잘 벌지 않던가.

35. 그에 비해 나는 키도 작고, 점점 늙고, 돈도 없다.

36. 텔레비전을 없애고

37. 대화하는 시간이 자동으로 늘고

38. 서로를 바라보는 시간이 늘수록

39. 사랑은 더욱 깊어질 수밖에

40. 없다.

어머니께 더 많이 전화하더라.

1. 어머니는 혼자 사신다.

2. 아버지와 이혼하고 쭉 그렇다.

3. 내가 먼저 어머니 곁을 떠나고

4. 동생도 출가했다.

5. 그 후로 어머니는 혼자 사신다.

6. 나는 지방에 살고, 어머니는 서울에 사신다.

7. 올라가기가 만만치 않다.

8. 결국, 전화라는 것으로 안부를 묻곤 하는데

9. 몸이 떨어져 있으면 마음도 멀어진다고

10. 연락을 잘 안 하게 된다.

11. 그러다 보니 어머니가 어떻게 사시는지

12. 감기에 걸리셨다고 하는데 그게 언제 이야긴지

13. 홀로 어떻게 약 챙겨 드셨는지

14. 나는 알 도리가 없다.

15. 불효자다.

16. 매주 2회 전화를 하려고

17. 알람을 설정해놨다.

18. 저녁 9시, 월요일, 금요일이다.

19. 그때가 어머니가 제일 한가한 시간이다.

20. 맥 놓고 있다가 알람이 울리면

21. 전화를 건다.

22. 예전에는 전화통화를 길게 하지 않았는데

23. 시간이 지날수록 어머니와 전화통화 시간이 길어진다.

24. 어머니의 말수가 부쩍 느셨다.

25. 외롭다는 뜻이다.

26. 다행스러운 것은 어머니는 남자친구가 있다.

27. 올해 살림을 합칠 계획이라는데

28. 꼭 그랬으면 좋겠다.

29. 외로우신 분들끼리 그렇게 사셨으면 좋겠다.

30. 아버지는 홀로 살지 않는다.

31. 옆에서 챙겨주시는 분이 있다.

32. 어머니보다 다행이란 생각이다.

33. 자식 된 입장에서는 참 다행이다.

34. 자주 전화를 걸어야 마땅하지만

35. 삶에 치이다 보면

36. 그렇지 못하다.

37. 아내는 부모님이 모두 돌아가셨다.

38. 나처럼 전화 걸 사람조차 없다.

39. 나를 부러워한다.

40. 아내에게 미안해진다.

뉴스에 놀아나지 않더라.

1. 우리는 너무나 쓸데없는 정보를 흘려 받고 있다.

2. 내 의지와는 상관없이 말이다.

3. 정작 알고자 하는 정보는 잘 찾지도 못하면서

4. 필요 없는 정보에 휘둘려 살아가고 있다.

5. 누가 누구를 죽인 것이 무슨 대수며

6. 누가 사기를 친 것이 나와 무슨 상관이란 말인가.

7. 누구의 아들이 부모를 때려죽였고

8. 누구의 딸이 실종된들

9. 사실 나와 하등 관련이 없는 골치 아픈 일들이다.

10. 소식이란 것을 빨리 안다고 해서 그렇게 크게 득 될 것도 없다.

11. 늦게 안들

12. 그게 무엇이 대수란 말인가.

13. 텔레비전이 없다고 뉴스를 보지 못하는 것도 아니다.

14. 매체가 많다.

15. 휴대폰이 있다

16. 인터넷을 켜면 각종 뉴스가 뜬다.

17. 그것만 잘 봐도 된다.

18. 9시 뉴스 땡 시작한다고

19. 둘러앉아서 세상이 어떻게 돌아가는지 볼 필요 없다.

20. 인터넷 익스플로러를 켜면 제일 먼저 뜨는 화면이 포탈 아닌가.

21. 뉴스를 보면 된다.

22. 세상의 소식을 텔레비전으로만 볼 필요가 없어진 것이다.

23. 또한, 텔레비전을 통한 뉴스는 얼마나 각색되었는가.

24. 기득권의 입맛에 맞는 뉴스만 보도한다.

25. 거기에 휘둘리게 되어있다.

26. 보수 채널은 또 어떤가?

27. 그걸 계속 보게 되면 나도 모르는 사이에 그들의 말에 현혹된다.

28. 중심을 잃고 우(右)로 빠질 수 있다.

29. 텔레비전에서 중립을 지키는 뉴스 채널이 있는가?

30. 없다.

31. 좌(左)의 인터넷 뉴스를 통해서도 소식을 접해야 한다.

32. 과거 우리 아버지 세대들은 얼마나 텔레비전 뉴스를 통해 얼마나 세뇌되었는가.

33. 나의 아버지는 극빈층임에도 불구하고 보수 여당을 찍고 있다.

34. 보수 여당에서 극빈층인 아버지를 위한 정책이 거의 없을진대

35. 아버지는 아직도 그 당을 찍고 있다.

36. 얼만 전에 만나서 아버지에게 물었다.

37. 아버지 요즘 박근혜가 좀 시끄럽던데요?

38. 아버지는 한참 침묵하시다가

39. 말문을 여셨다.

40. 큰일 하다 보면 그럴 수도 있는 거지.

조용하니까 좋더라.

1. 집에 들어가자마자 제일 먼저 하던 일은

2. 텔레비전을 켜는 일이었다.

3. 적막이 싫었던 것일까

4. 자동반사적으로 그렇게 움직였다.

5. 아무 소리도 안 들리면 마치 죽을 것처럼

6. 사람 소리가 그리웠던 것처럼

7. 보지도 않으면서 그렇게도 켜댔다.

8. 텔레비전을 켜면 시끌벅적한 사람 소리가 들렸다.

9. 그 소리를 들어야만 안도할 수 있었을까?

10. 텔레비전이 없어지자

11. 집에는 적막이 찾아왔다.

12. 기계 사람 소리가 아닌 진짜 사람 소리가 들리기 시작했다.

13. 남이 떠드는 소리가 아닌

14. 우리 가족이 떠드는 소리가 들렸다.

15. 편안했다.

16. 벅적거리지 않았다.

17. 우리 세 식구 목소리만으로도 충분했다.

18. 생각보다 적막하지 않았다.

19. 텔레비전 소리는 의미 없는 소음에 불과했다.

20. 사람 숨이 들락날락하며 내는 진짜 소리가 우리 집에 가득해졌다.

21. 나이가 들어서 그런지 몰라도

22. 이제는 고요한 것이 좋다.

23. 잡소리가 안 들리는 것이 좋다.

24. 신경을 다른 곳에 빼앗기기 싫다.

25. 안 그래도 피곤한데

26. 텔레비전 소음으로 피곤해지고 싶지 않다.

27. 가족과 주야장천 대화만 하는 것은 아니다.

28. 중간중간 적막강산이 흐른다.

29. 조용히 각자 할 일에 매진한다.

30. 그러다가 대화를 하기도 하고

31. 또 적막강산에 있기도 하다.

32. 그런 느낌이 좋다.

33. 그런 흐름이 좋다.

34. 텔레비전 소리는 매서운 폭포수 같다.

35. 계속 휘몰아친다.

36. 우리를 잠시도 가만두지 않는다.

37. 이리로 저리로 마구 끌고 간다.

38. 생각할 틈을 주지 않는다.

39. 그저 멍하니

40. 내 존재 자체를 잃게 한다.

아이가 책을 보더라.

1. 아이는 부모의 등을 보고 자란다.

2. 남자아이는 특히나 아버지를 보고 배운다.

3. 따라 한다.

4. 자랄수록 더 그렇다.

5. 아버지가 담배를 피우면 아들도 담배에 대한 거부감이 없어진다.

6. 아버지가 술을 마시면 아들도 술을 마시게 된다.

7. 아버지가 바람을 피우면 아들도 역시 그렇게 될 확률이 높아진다.

8. 아버지란 존재는 아들에게 거의 절대적이라 할 수 있겠다.

9. 나의 아들 녀석이 그렇다.

10. 내가 하는 것을 거의 따라 한다.

11. 나의 말투, 행동, 취미 등등

12. 거부감 없이 자연스레 따라 한다.

13. 내가 책을 읽으면 아들도 책을 본다.

14. 책에 대한 거부감이 없다. 자연스러운 거다.

15. 내가 인터넷으로 스포츠 중계를 보면

16. 아들은 어느새 내 옆에 와 있다.

17. 내가 UFC를 좋아하면

18. 아들도 역시 관심을 두고 좋아하게 된다.

19. 아이는 부모의 등을 보고 배운다.

20. 이건 진리다.

21. 텔레비전을 거의 안 보니까 아이도 거의 보지 않는다.

22. 보고 싶은 프로만 인터넷으로 본다.

23. 텔레비전을 전혀 안 볼 수는 없다.

24. 좋아하는 프로 몇 개는 봐야 한다. 전혀 보지 않는 것도 좋은 것은 아니다.

25. 텔레비전을 보고 싶은 프로만 꼽아서 볼 수 있다면

26. 볼 프로만 딱 보고 전원을 끌 수 있는 자제력이 있다면

27. 텔레비전이 그대로 집에 있어도 된다.

28. 그러나 주야장천 그냥 텔레비전을 보게 된다면

29. 없애는 것이 맞다.

30. 안 좋은 습관은 내 대(代)에서 끝내야 한다.

31. 자식에게 그런 습관을 넘겨줄 의무는 없다.

32. 좋은 것만 넘겨주자.

33. 아무래도 내가 텔레비전을 보지 않고 책을 보자

34. 아이도 또래보다 책 보는 시간이 길다.

35. 집에서 아버지가 책을 보니까

36. 그게 그냥 자연스러운 거다.

37. 내가 집에서 핸드폰으로 게임을 켜면 아이도 핸드폰으로 게임을 한다.

38. 자식 교육에 말이 필요 없다.

39. 행동으로 보여주기만 하면 된다.

40. 아이는 부모의 등을 보고 배우고 그대로 따라 한다.

거실이 서재가 되더라.

1. 웬만한 집 거실에는

2. 떡하니 텔레비전이 차지하고 있다.

3. 화면도 크고 위풍당당하다

4. 최신 서라운드 스피커는 또 얼마나 굉장한가!

5. 화질은 또 어떤가.

6. 영화관 비교할 수 없다.

7. 텔레비전의 그런 위용에

8. 많은 사람이 노예가 되어간다.

9. 늘 그것을 바라보면서

10. 키득거리고 훌쩍거린다.

11. 물론 잘 쓰면야 문명의 이기로서 좋겠지만

12. 대부분은 거기에 매몰되어

13. 생각을 잃은 채, 삶을 잃은 채

14. 매여 살게 된다.

15. 텔레비전을 없애면

16. 허전해진다.

17. 그 공간을 다른 것으로 채워야 한다.

18. 음악이 좋으면 오디오 세트로,

19. 책이 좋으면 서재로.

20. 우리 집은 서재로 꾸며졌다.

21. 거실에 책상이 두 개 있다.

22. 큰 책상과 컴퓨터 책상이다.

23. 큰 책상에는 온 가족이 다 앉을 수 있다.

24. 도서관 책상 같이 넓다.

25. 거실 벽은 책장이 둘러싸고 있다.

26. 거기서 책을 꺼내 큰 책상에서 본다.

27. 소파도 없다.

28. 누울 수 없는 거다.

29. 책을 보기 때문에 거실 등이 다른 집보다 환하다.

30. 큰 책상에서 책만 보지 않는다.

31. 각자 노트북이 있어 그걸 하든지 핸드폰을 보든지 한다.

32. 아들은 거기서 라면도 부셔 먹고

33. 과자도 먹는다.

34. 공동 책상이기에 서로 배려하면서 치우고 정리해야 한다.

35. 아들은 따로 방이 있어도

36. 거실 큰 책상에 늘 앉아서 숙제한다.

37. 우리 가족은 늘 붙어 다닌다.

38. 각자의 방으로 들어가지 않고

39. 늘 서재 같은 거실에서

40. 아옹다옹하고 있다.

아이를 걱정하지 않더라.

1. 텔레비전을 없애면 아이가 걱정되기도 한다.

2. 보통 묻는다.

3. 텔레비전 없애면 아이는 친구들과 괜찮냐고.

4. 물론 괜찮다.

5. 아무 일 없다.

6. 또래끼리 잘 어울려 논다.

7. 다른 집 아이들은 텔레비전을 봐서 잘 아는 얘기를 하는데

8. 혹 우리 집 아이만 왕따가 되지 않을까 은근 걱정되는가 보다.

9. 아이에게 물어봤다.

10. 너 괜찮니?

11. 아들은 모르는 것은 친구들이 알려준다고 했다.

12. 그러다가 정말 보고 싶으면

13. 보여줬다.

14. 유재석이 나오는 런닝맨 같은 경우다.

15. 초딩 아이들에게 런닝맨 놀이는 재미나는지

16. 아이는 그 프로그램을 보고 싶어 했다.

17. 주말에 한 시간 보여주었다.

18. 텔레비전이 없으니까 인터넷으로 보여주었다.

19. 신나게 보고 그 프로그램이 끝나면 딱 껐다.

20. 그렇게 몇 달간 시청했다.

21. 요즘엔 시큰둥한지 보여달라고 하지 않아서 보여주지 않고 있다.

22. 보고 싶은 프로그램이 있으면 보여준다.

23. 대신 다른 프로그램은 보여주지 않는다.

24. 딱 하나다.

25. 그 정도 하니까 아무 문제가 없었다.

26. 나도 아이를 따라서 런닝맨을 시청하곤 했는데

27. 프로그램이 끝나면 멍해지는 것이 공허한 느낌도 나면서 허탈한 느낌이 들었다.

28. 즉, 계속 보고 싶어지는 거다.

29. 텔레비전이라는 가상 공간에 가서 살았다가

30. 갑자기 현실 세계로 오니 정신이 없는 것이다.

31. 급작스러운 적막이

32. 견디기 힘들 지경이었다.

33. 아, 이래서 사람들이 계속 텔레비전을 보는구나.

34. 하긴 나도 예전에 그랬었지.

35. 그렇게 딱 한 프로 보고 우리는 또 각자의 일을 한다.

36. 그래야 공허감을 쉽게 떨칠 수 있다.

37. 다시 현실 세계로 돌아오고 곧 적응된다.

38. 한 10년 텔레비전을 끊었어도

39. 다시 텔레비전을 집에 들여놓는다면

40. 다시금 제어하지 못하고 빠질 것 같다. 아직 내공이 부족하다.

처남이 집에 안 오더라.

1. 처남네 집에 가면 오락기가 있다.

2. 옛날 오락실에 있는 그 오락기 말이다.

3. XBOX도 있고

4. 만화책도 몇 질로 꽂혀있고

5. 수백 개의 채널을 보유한 텔레비전도 있다.

6. 즉, 놀 거리가 참 많다.

7. 그런 처남이 텔레비전을 없앤 우리 집에 왔다.

8. 무진장 심심했나보다

9. 그 후로 잘 오지 않는다.

10. 텔레비전이 없으니까 손님이 오면 멍 때릴 때가 온다.

11. 계속 대화만 이어가는 것이 아니니까.

12. 텔레비전이라도 켜놓으면

13. 텔레비전 프로그램을 화제로 대화를 이어갈 수도 있는데

14. 우리 집은 없으니 적막강산이다.

15. 계속 대화를 이어가야 하는 부담을 주는 집이다.

16. 내가 술을 마시기를 하나

17. 잡기를 좋아하길 하나

18. 정말 심심한 집구석이다.

19. 처남이 아내에게 말했다.

20. "너희 집은 도대체 뭐 하고 노냐?"

21. "무슨 재미로 사냐?"

22. 우리는 배시시 웃으면서 '책 보는 재미?' 라고 말해준다.

23. 처남은 우리 집사람들을 신기한 눈으로 바라본다.

24. 하긴 손님이 왔는데 같이 책을 볼 수야 없겠다.

25. 윷이라도 한 판 놀아볼까?

26. 그나마 다행인 것은

27. 우리 집엔 강아지 한 마리가 있다.

28. 이름이 영리다.

29. 영리하라고 해서 영리라고 졌는데,

30. 푸들치고 멍청한 것 같다.

31. 재롱을 부릴 줄도 모르고

32. 너무 소심해서 마룻바닥을 걷지 않으려고 한다.

33. 그냥 존재 자체로도 고마운 강아지다.

34. 다행히 영리 덕에 손님들이 그나마 즐거워한다.

35. 물론 강아지를 좋아하지 않는 아버지에게는 곤욕이겠지만.

36. 역지사지로

37. 내가 손님으로 놀러 간 집이 텔레비전 하나도 없다면?

38. 나 역시 몸 둘 바를 몰라 심심할 것이다.

39. 다시는 안 갈 것 같다.

40. 그렇더라도 텔레비전을 집안에 들여놓을 생각은 추호도 없다.

일찍 자더라.

1. 재미있는 텔레비전 프로가 있으면

2. 보통 자정까지는 보게 된다.

3. 내일 바쁜 일이 있고

4. 급한 일이 있어도

5. 놓칠 수 없다.

6. 텔레비전이 사라지자

7. 할 게 없으니까

8. 뭐 책을 보는 것도 하루 이틀이지

9. 만날 어떻게 책을 보겠는가.

10. 책 읽기 싫은 날도 있는 거지

11. 할 게 없으면?

12. 그냥 잔다.

13. 내일을 위한 충전이다.

14. 잠이 스르륵 온다.

15. 멍하니 있다 보면

16. 자연스럽게 잠이 쏟아진다.

17. 어떤 날은 저녁 7시

18. 어떤 날은 저녁 9시

19. 보통 11시를 넘기지는 않는다.

20. 점점 새벽형 인간이 된다.

21. 젊었을 때는 올빼미형이었는데

22. 역시 나이가 드니 나도 새벽형이 되나 싶다.

23. 일찍 자면 일찍 일어날까?

24. 반은 맞고 반은 틀리다.

25. 어떤 날은 일찍 눈이 떠진다.

26. 어떤 날은 원래 일어나는 시간까지 잔다.

27. 하루에 10시간 잔다

28. 그래도 괜찮다.

29. 다 필요하니까 자는 거다.

30. 깨어있는 시간을 더 잘 활용하면 된다.

31. 피곤하면 잘 만큼 잔다.

32. 그러다 보면

33. 일찍 자고 일찍 일어날 때가 온다.

34. 잠을 너무도 충분히 여러 달을 잤기 때문에

35. 몸이 더는 잠이 필요하지 않는다.

36. 자연스럽게 적당량의 잠시간을 몸이 찾는다.

37. 보통 7시간이다.

38. 몸이 개과천선해서 이제는 보통 7시간 잔다.

39. 몸의 활력도가 높아진 거다.

40. 정상으로 돌아온 거다.

주변 사람이 신기해하더라.

1. 집에 텔레비전이 없다는 사실을 굳이 밝힐 필요도 없지만

2. 우연히 집에 텔레비전이 없다는 사실을 남들이 알았을 때

3. 첫 반응은 신기해한다는 거다.

4. 그럼 집에서 뭐 해?

5. 뭐, 그냥 책 보고 쉬죠.

6. 믿지 않는 눈치다.

7. 아니 진짜 뭐 해?

8. 그냥 있는 다니까요. 일찍 자고.

9. 이렇게 놀라는 사람이 있는가 하면

10. 부러워하는 사람도 있다.

11. 우리 집도 그렇게 하고 싶은데 애 아빠 때문에 못 한다는 둥

12. 문이 달린 텔레비전으로 대체한다는 둥

13. 진짜 텔레비전이 없으면 심심해서 어쩌냐는 둥

14. 푸념, 걱정, 신기함 등등이 섞인 말을 내놓는다.

15. 현대 사회는 바쁘게 돌아간다

16. 그 속도가 더욱 증가한다

17. 우리는 고요함에 익숙지 않는 상황 속으로 내몰리고 있다.

18. 고요함을 즐길 수 있어야 한다고 본다.

19. 적막함, 고요함이라는 단어를 보면 어떤 느낌이 드는가?

20. 편안한가?

21. 오히려 반대로 쓸쓸한가?

22. 보통 쓸쓸하다는 반응을 보인다.

23. 편해야 한다.

24. 홀로 있음, 고독, 혼자 즐김…

25. 텔레비전 없이 혼자 놀 줄 알아야 한다.

26. 기계장치 다 떼고 혼자 놀 줄 알아야 한다.

27. 텔레비전, 라디오, 컴퓨터, 스마트폰 떼고 혼자 놀아본 적 있는가?

28. 이런 기계들을 떼고 나면

29. 누구든 예술가가 된다.

30. 뭔가를 그리거나, 흥얼거리거나, 쓰거나, 만들거나, 몸을 움직인다거

나

31. 그렇게 된다.

32. 즉, 생산적인 일을

33. 창조적인 일을 하게 된다.

34. 텔레비전으로 인해 우리의 창의성과 생산성을 얼마나 도둑맞고 있는가?

35. 텔레비전을 없앴다가

36. 실패해서 다시 텔레비전을 들여놓는 집들이 있다.

37. 혼자 노는 법을 잃어버렸기 때문이다.

38. 다시 도전해 보면 어떨까?

39. 할 거 없으면

40. 잠이라도 푹 자면 되지 않겠는가.

스포츠를 잘 못 보더라.

1. 해외축구와 UFC를 좋아한다.

2. 기성용, 손흥민, 정찬성, 김동현 등이 나오면

3. 꼭 챙겨본다.

4. 요즘은 인터넷으로 중계를 잘 해줘서 다행이지만

5. 텔레비전 끊고 초창기에는 거의 못 봤다.

6. 인터넷으로 방송을 잘 안 해주었고,

7. 그 방송을 찾아 3만리를 해야 했다.

8. 그 점이 제일 아쉬웠다.

9. 올림픽이나 월드컵 때도 매우 불리했다.

10. 방송을 찾기 힘들었다.

11. 올림픽의 경우 텔레비전을 쭉 켜고 있다가

12. 한국선수가 나오는 방송을 보면 되는데

13. 안 보고 있다가 경기를 찾아보는 건 한계가 있었다.

14. 때 지난 재방송을 볼 수밖에 없었다.

15. 이렇게 보고 싶은 프로가 있으면

16. 인터넷으로 찾아보는 거다.

17. 아내도 텔레비전을 잘 참는 편인데

18. 보고 싶은 드라마는

19. 나처럼 인터넷으로 본다.

20. 텔레비전을 끊는 일은21. 부부가 합심해야 한다.

22. 한쪽이라도 반대하면

23. 성공하기 매우 힘들다.

24. 보통의 집이 남편의 반대로 성공하지 못 한다.

25. 힘들게 일하고 와서 쇼 프로 보면서

26. 스트레스 날리는 게 유일한 낙인데

27. 그것도 못 하냐며

28. 반발이 심하기 때문이다.

29. 그래서 하는 말인데

30. 텔레비전을 끊으려면

31. 남편이 주도해야 성공할 수 있다.

32. 많은 부인네의 불만이기도 하다.

33. 어떻게 하면 남편을 구슬릴 수 있을까?

34. 그건 나도 모르겠다.

35. 이혼을 하든지

36. 용돈으로 꼬시든지

37. 각자 해결할 문제다.

38. 나라고 뾰족한 답이 있겠는가.

39. 애초에 텔레비전 안 보는

40. 남자와 결혼하지 그랬나.

강연요청이 오더라.

1. 텔레비전을 끄고

2. 심심하니까

3. 책을 읽었다.

4. 그동안 읽지 않았던 것에 대한 보상이라도 받으려는 듯

5. 미친 듯이 벌컥벌컥 갈아 마셨다.

6. 책을 많이 읽자

7. 글이 쓰고 싶었다.

8. 글을 쓰자

9. 책으로 낼 정도의 원고가 마련되었다.

10. 원고를 가지고 여러 출판사를 노크했고

11. 마침내 첫 책을 낼 수 있게 되었다.

12. 책 쓰는 법에 대해서

13. 누구에게도 배워본 적이 없었다.

14. 책 쓰는 법도 책을 통해 배웠다.

15. 책을 내자

16. 신기한 일들이 벌어졌다.

17. 여러 곳에서 강연요청 메일이 날아왔다.

18. 책의 내용으로 강연을 좀 해달라는 거였다.

19. 나에 대한 호칭은 작가님, 선생님이었다.

20. 양계장 김 씨의 호칭이 그렇게 변했다.

21. 그러나 나는 아직 준비되지 않았고

22. 정중히 거절했다.

23. 물론 지금도 강연을 할 마음은 없다.

24. 아마 죽을 때까지 강연은 하지 않을 작정이지만,

25. 또 모르겠다. 마음이 어떻게 변할지는.

26. 나의 블로그 이웃 중 몇몇은

27. 책을 써서 강연하는 사람들이 있다.

28. 그들은 인생을 그런 식으로 만들어가고 있는 거다.

29. 텔레비전만 보고 있었더라면

30. 나 같은 놈에게 누가 강연요청을 했겠는가.

31. 내가 책을 쓸 수 있었겠는가.

32. 책을 읽을 수 있었겠는가.

33. 원흉을 제거하고서 나는 참 많이 인생이 변했다.

34. 2017년 3월까지 쓴 책이 열 권이 넘는다.

35. 출판계약을 맺고 출판을 앞두고 있는 것이

36. 다섯 개다.

37. 이런 일이 벌어진 이유는 딱 하나다.

38. 텔레비전을 버렸기 때문이다.

39. 책을 읽었기 때문이 아니다.

40. 글을 썼기 때문이 아니다.

인터뷰 요청이 오더라.

1. 책을 계속 펴내자

2. 유명 일간지에서 인터뷰 요청 전화가 왔다.

3. 나의 네 번째 책 〈소소하게 독서중독〉을 읽은 기자가 전화한 것이다.

4. 내 전화번호를 출판사에서 따서

5. 나에게 전화를 걸었다고 했다.

6. 전화를 받을 때 나는 농장 트럭을 몰고서 농자재를 사러 가는 길이었다.

7. 운전 중에 전화로 사전 인터뷰를 했다.

8. 기자는 말씀 잘하신다며 나를 칭찬해주었다.

9. 나중에 다시 전화를 건다고 했다.

10. 가만있자

11. 내가 인터뷰를 꼭 해야 하는가?

12. 직장 생활에 지장 있는 건 아닐까?

13. 고민을 많이 했다.

14. 아내는 하지 말라고 했다.

15. 유명해지는 것을 원하나?

16. 글 쓰는 걸 좋아하는 거 아닌가?

17. 결정했다.

18. 인터뷰를 안 하기로 했다.

19. 나는 오로지 글만 쓰기로 했다.

20. 앞으로 강연요청이 와도

21. 인터뷰 요청이 와도

22. 나는 하지 않을 것이다.

23. 오로지 글로만 독자와 만날 생각이다.

24. 죽을 때까지 얼굴을 공개하지 않을 것이다.

25. 오로지 글로만 나를 세상에 내보일 생각이다.

26. 하여튼 이런 일련의 일을 겪으면서

27. 기분이 좋았다.

28. 누군가에게 인정받았다는 느낌을 알게 되었다.

29. 텔레비전을 끊자

30. 이런 일들이 벌어진 것이다.

31. 심심하니까 책을 읽고 글을 쓰고 책을 내고 강연요청에 인터뷰요청까지

32. 상상도 하지 못하는 일들이

33. 요즘 나에게 벌어지고 있다.

34. 아마 집에 텔레비전이 계속 있었더라면

35. 이런 일들은 결코 나에게 일어날 수 없음을 나는 잘 알고 있다.

36. 텔레비전을 보지 않는 요즘도

37. 나는 계속 책을 읽고

38. 글을 쓰고

39. 책을 내고 있다.

40. 명이 다할 때까지 계속될 것 같다.

태백산맥을 필사하더라.

1. 텔레비전을 없애버리고

2. 본격적으로 책을 읽을 때

3. 우연히 조정래 작가가 쓴 책을 보게 되었다.

4. 자신의 소설 〈태백산맥〉 10권을 모두 필사를 하면

5. 태백산맥 문학관에 영구 보관해준다는 달콤한 유혹이었다.

6. 영구 보관?

7. 내가 죽어도 태백산맥 문학관만 없어지지 않는다면 영원히 보관된다는 말이지?

8. 조정래 작가는 살아있는 지금도 전설이거늘

9. 분명 죽어서도 이름을 남길만한 작가다.

10. 그분의 이름에 기대서 내 이름 석 자가 딱 박힌 필사본을

11. 문학관에 영구히 보관된다면?

12. 착수했다.

13. 내가 노력해서 내 이름을 남길 수는 없을 거 같고

14. 그분의 문학관에 기대기로 했다.

15. 베꼈다.

16. 소설을 한 번 읽어보지도 않은 채

17. 200자 원고지를 사다가

18. 무작정 베끼기 시작했다.

19. 필사는 글쓰기에 도움이 된다고 한다.

20. 나는 그런 것은 필요 없었다.

21. 다만 영구 보관뿐이었다.

22. 처음에는 열심히 썼다.

23. 베끼기도 이렇게 힘든데 그분은 어찌 창작하셨을까?

24. 이 정도 대작을 쓰려면 배경지식도 많아야겠구나

25. 역사도 많이 알아야겠구나

26. 작가는 아무나 되는 게 아니구나

27. 별별 생각을 다 하면서 베꼈다.

28. 어떤 날은 내용이 들어오지도 않았다

29. 아무 생각 없이 그냥 행위만 있을 때도 잦았다.

30. 처음에는 열정을 다해 달려들었지만

31. 시간이 갈수록 지쳐갔다.

32. 야, 이기 보통 일이 아니네?

33. 너무 겁 없이 덤볐잖아.

34. 포기할까?

35. 포기하기에는 너무 와 버렸다.

36. 돌아갈 수 없었다.

37. 욕이 나왔다.

38. 꾹꾹 눌러 참으며 나는 계속 써갔다.

39. 결국, 1152일 만에 10권을 모두 필사할 수 있었다.

40. 그리고 이 경험을 바탕으로 〈오늘도 조금씩〉이라는 책을 써냈다.

성경을 필사하더라.

1. 태백산맥 필사를 다 끝내고

2. 다짐한 게 있었다.

3. 다시는 필사를 하지 않으리라.

4. 힘들었기 때문이다.

5. 영구보관이라는 달콤한 유혹에 빠진 죄로

6. 1152일 동안 글쓰기 감옥에 갇힌 게 고통이었기 때문이다.

7. 전혀 즐겁지 않았다.

8. 그러던 중

9. 성경이 눈에 들어왔다.

10. 아, 소설도 필사했는데 천주교인으로서

11. 성경은 기본적으로 해야 하는 거 아냐?

12. 갈등했고

13. 해야 할 것 같았다.

14. 그래 뭐, 할 일도 없고

15. 이제는 베끼는 것도 도가 텄고

16. 원고지에 하지 않으니까 덜 힘들겠고

17. 성경 필사 다 하면 주교님에게 축복장도 받으니까

18. 천당도 가겠지.

19. 에잇, 하자.

20. 현재 진행 중이다.

21. 집에 와서

22. 책을 읽고, 글을 쓰다 지치면

23. 성경 필사 노트를 꺼낸다.

24. 이번에는 시간 제약을 두지 않았다.

25. 편하게 10년 보고 있다.

26. 억지로 하는 게 아니라.

27. 평생을 두고 조금씩 하자는 마음이다.

28. 물론 한 편으로는 후딱 해치고 어서 축복장이나 받고 땡치자

29. 라고 생각하지만

30. 후딱 해서 될 일이 아니란 것을 나는 이미 경험했다.

31. 우보천리(牛步千里)의 마음으로

32. 한 걸음씩

33. 한 걸음씩

34. 가다 보면 되는 것을...

35. 필사의 가장 큰 힘은 '남는다'는 거다.

36. 텔레비전은 보면 남는 게 없다.

37. 보고서 감상문이라도 남기면 모를까 남는 게 없다.

38. 그러나 기록은 남는다.

39. 매일 한 자라도 쓰면 어제보다 더 축적된다.

40. 그러나 텔레비전 시청은 축적되지 않는다.

시청료를 안 내더라.

1. 어느 날 아내가 전기요금 고지서를 보고 말했다.

2. 어, 전기요금에 텔레비전 시청요금이 합해져서 나오네?

3. 이건 뭔 소린가?

4. 아내 말대로 전기요금에 시청요금 2,500원이 포함되어서
   나오고 있었다.

5. 텔레비전이 집에 없는데 매달 생돈을 냈다.

6. 아내는 전화를 걸었고,

7. 우리 집엔 텔레비전이 없다. 빼 줘라. 알았다.

8. 다음 달부터 2,500원을 절약할 수 있었다.

9. 어떻게 일률적으로 시청요금을 때려 넣을 수 있는지.

10. 이건 마치 유럽에서 종교세를 걷는 것과 마찬가지 아닌가.

11. 독일의 경우도 종교세를 안 내려면

12. 나는 기독교인이 아니라고 관에 가서 말해야 한다고 한다.

13. 말하지 않으면 무조건 우리나라 텔레비전 시청요금처럼

14. 때려 넣는다고 한다.

15. 아하! 텔레비전을 안 보니까 돈도 절약되는구나!

16. 기분이 좋았다. 전기세도 아껴, 시청료도 아껴.

17. 그러던 중 어느 날

18. 우리 모르게 시청료가 또 붙기 시작했다.

19. 또 전화했다.

20. 왜 또 붙죠?

21. 나라에서 어떻게 이렇게 양아치 짓을 할 수 있지?

22. 다시 뺐다.

23. 확인을 자주 해야 한다.

24. 내 돈을 지키려면 그렇게 해야 한다.

25. 가만?

26. 농장 사택에도 외국인들이 살고 있는데

27. 텔레비전이 없다.

28. 요즘 외국인들은 스마트폰으로 인터넷을 한다.

29. KBS에 전화했다.

30. 우리 기숙사에 외국인 근로자들만 있어서 시청료를 빼주세요.

31. 다음 달부터 빼준다고 했다.

32. 그리고 검사를 나온다는 말도 했다.

33. 믿지 않는 눈치였다.

34. 그동안 매달 평균 2,500원씩 몰래 뜯겼다.

35. 열 달이면 2만 5천 원이다.

36. 이렇게 돈을 뜯은 돈은 방송국으로 갈까?

37. 이 돈도 엄청날 거다.

38. 텔레비전 광고를 봐주는 것도 억울한데

39. 광고 보고 돈까지 내야 하는가?

40. 영화 극장 가서 입장료 내고 영화 보기 전에
    광고 보는 것도 참 한심한 일이다.

연예인들이 급 늙었더라.

1. 몇 년 만에 텔레비전을 우연히 식당에서 보게 되었을 때

2. 깜짝 놀랐다.

3. 저 탤런트 왜 이렇게 늙었지?

4. 여보, 여보 저기 봐봐 쟤 왜 이렇게 늙었어?

5. 어머 그러게?

6. 세월이 급작스럽게 흘러간 느낌이었다.

7. 이건 마치 우주여행을 하고 돌아왔을 때

8. 나만 그대로고 다른 사람들 모두 나이를 먹은 느낌.

9. 물론 나도 늙었지만 매일 보니까 인식하지 못하는 거고.

10. 오랜만에 아는 얼굴을 보니까

11. 급 늙어 보이는 것이었다.

12. 20대의 파릇하던 친구는

13. 30대의 성숙함이 묻어났고,

14. 30대의 멋진 스타였던 그는

15. 40대의 중년이 되어있었다.

16. 그러나 아직도 안 늙어 보이는 연예인들도 많았다.

17. 이휘향.

18. 나는 그를 좋아했다.

19. 내가 한창 텔레비전을 볼 때

　그녀가 아마 8살짜리 아들을 둔 거로 기억한다.

20. 나는 총각이었고, 그녀는 아줌마였지만,

21. 그냥 좋았었다.

22. 역시 내 눈은 맞았다.

23. 어젠가 우연히 식당에서 드라마를 봤는데

24. 이휘향이 나왔다.

25. 하나도 안 늙었다. 신기했다. 옆 사람에게 말했다.

26. 이휘향은 하나도 안 늙었어.

27. 연예인들이 그렇지 뭐.

28. 아니, 이휘향은 10년 전 그대로야.

29. 시어머니 역할로 나오는데 너무 젊은 거 아냐?

30. 내가 아는 연예인들이 이제 다들 나이가 들어서 그런지

31. 삼촌 역을 하던 사람들이 아버지 역으로 돌아섰고

32. 아저씨 역 하던 사람들이 할아버지 역을 하게 되었다.

33. 청춘스타가 이제 중년 아줌마 역을 하고,

34. 아무리 잘나도 세월을 빗길 수 없으리라.

35. 이휘향도 이휘향이지만 이일화도 좋아했었다.

36. 얼마 전 나왔던 〈응답하라〉에 이일화를 보게 되었다.

37. 거의 늙지 않았는데

38. 이젠 아줌마 역할을 하는 나이가 된 것일까?

39. 다들 늙어간다.

40. 나도.

유행어는 잘 모르겠더라.

1. 젊은 시절 〈개그콘서트〉는 놓치지 않고 챙겨봤다.

2. 각종 쇼 오락프로그램도 빼놓을 수 없었다.

3. 아직도 기억이 나는 유행어들이 참 많다.

4. 진짜야~? 사실이야~? 까따부스키~? : 김대범

5. 감사합니다. 감사합니다.
   중국어로 쎄쎄, 일본어로 아리가또라고 하지요~ : 누구였지?

6. 나는 누구보다 빨리 섭렵해서

7. 친구들에게 써먹었다.

8. 누구보다 빨랐다.

9. 친구들이 모를 때는 가르쳐주었다.

10. 야, 이거 개콘에서 새로 나온 거잖아.

11. 생활 속에서 유행어를 잘 구사했다.

12. 대화할 때 많은 도움이 된다.

13. 그러나 지금은 그러고 싶지 않다.

14. 모르는 게 더 좋다.

15. 가벼운 농담거리 툭 던져 놓고

16. 시시덕 거리는 것보다

17. 그냥 입 다물고 있는 게

18. 더 편하다.

19. 이젠 반대로 내가 묻는다.

20. 다른 사람들은 다 웃는데 나만 잠자코 있다.

21. 유머를 친 상대방은 내가 웃기를 바랐는데

22. 멍하니 있으니 얼마나 당황했겠는가.

23. 그런 점은 미안합니다~ 미안합니다.

24. 얼마 전 개콘을 봤는데

25. 예전에 나오던 사람들의 얼굴이 많이 사라졌다.

26. '오빠 만세'의 박성호는 어디로 갔지?

27. 갈갈이 박준형은?

28. 옥동자 정종철은?

29. 세대교체가 이루어진 것이겠다.

30. 영원한 건 없나 보다.

31. 그렇게 잘 나가던 과거의 스타들이
    하나둘씩 브라운관에서 사라지고 있다.

32. 텔레비전 속만 그런 건 아니다.

33. 우리 삶도 마찬가지다.

34. 한 번 왔다 가버린다.

35. 세월의 속절없음이다.

36. 그래도 과거 한때나마 이름을 날렸던 사람들은 괜찮은 편이다.

37. 빛을 보지 못하고 진 별들이 얼마나 많을까.

38. 그런 분들에게 심심한 위로의 마음을 전하고 싶다.

39. 그러나 그들이 패배자는 아니다.

40. 그 길을 계속 걷든 말든 다른 길을 가든
    인생을 산다는 것 자체가 이미 승리한 것이기 때문이다.

여론몰이에 휘둘리지 않더라.

1. 옛날에는 방송국이 몇 개 안 됐다.

2. 텔레비전을 틀면 그들 중 하나 골라봐야 했다.

3. 선택의 폭이 매우 좁았다.

4. 그러나 지금은 어떤가?

5. 100개가 넘는다.

6. 뉴스 채널만 해도 10개나 되지 않는가.

7. 그런데 이 뉴스 채널은 누가 만드는 것일까?

8. 돈 있는 자들이 만든다.

9. 그 돈은 어디서 나오는가?

10. 그 채널에 광고를 내는 사업주들이 낸다.

11. 즉 돈이 있는 자들이 서로 해 먹는 상황이다.

12. 그러니 뉴스가 정당하게 나올 수 있겠는가.

13. 자기들에게 불리한 뉴스를 과연 내보낼 채널이 있겠는가?

14. 없다.

15. 그런 미친놈이 어디 있겠는가.

16. 나라도 안 낸다.

17. 텔레비전 뉴스를 안 보다 보니

18. 나는 팟캐스트나 유튜브를 통해

19. 기존 정식화된 뉴스 채널보다

20. 규모가 작고 시민들이 운영하는
    저렴한 뉴스를 통해 소식을 공급받기도 했다.

21. 어?

22. 뭔가 이상한 점을 배웠다.

23. 텔레비전 뉴스에서 말하는 것과 이들이 말하는 것이 다르네?

24. 왜 다르지?

25. 시민들의 돈으로 운영되는 한 뉴스는

26. 내가 보기에 비교적 객관적이었다.

27. 이런, 내가 그동안 당하고 살았구나.

28. 텔레비전 뉴스에 현혹되어서 비판 없이 그대로 받아들였구나.

29. 전두환이 1980년에 광주시민들을 학살했을 때

30. 텔레비전에서는 무장공비가 폭동을 일으켰다고 방송을 했다.

31. 광주를 제외한 대한민국 사람들은 그게 사실인 양 받아들였다.

32. 그렇구나. 우리가 당하고 산 거구나.

33. 히틀러가 말한 것이 맞구나.

34. 텔레비전으로 마구 떠들어라.
    그러면 국민은 그게 진짜 사실인 줄 알게 된다.

35. 우리가 사는 세상이 학교에서 배웠듯이 공명정대한 사회가 아니구나.

36. 아주 추악한 사회였구나.

37. 정신 똑바로 차리고 살아야겠구나.

38. 이제 세상은 쌍방향으로 가고 있다.

39. 이런 시대에 텔레비전만으로 정보를 취해서는 안 될 것 같다.

40. 우리 아버지는 아직도 텔레비전만 보신다.

노래 습득이 안 되더라.

1. 텔레비전을 주야장천 틀어놓고 있어야

2. 드라마에서 나오는 노래나

3. 가요프로에서 나오는 노래나

4. 프로 끝날 때 나오는 뮤직비디오를 보면서

5. 대중가요을 접할 수 있을 텐데

6. 그렇지 못하니까 노래를 전혀 취할 길이 없어졌다.

7. 요즘 유행하는 노래가 무엇인지

8. 노래방에 가서 최신노래를 부르려고 해도

9. 모르니까

10. 점점 아저씨가 되어갔다.

11. 옛날에는 그래도 줄줄 불렀는데

12. 나의 최신곡은 버즈의 〈겁쟁이〉가 되어버렸다.

13. 얼마나 아이스크림 가게에 갔는데 좋은 노래가 나왔다.

14. 카페에 갔는데 그 노래가 또 나오는 거였다.

15. 와, 이 노래 좋네? 여보 이 노래 제목이 뭐야?

16. 아내는 알고 있었다.

17. 마마무의 데칼코마니였다.

18. 나는 그 노래를 찾아 반복해서 들었다.

19. 때 지난 노래를 이제야 듣게 된 것이다.

20. 알고 봤더니 이 노래는 몇 달 전에 크게 유행했던 노래였다.

21. 지금도 이 노래를 즐겨듣는다.

22. 토요일이면 가요프로그램을 봤다.

23. 신인가수도 나오고
    기존 가수도 나와서 노래를 부르고 순위를 정하는 프로는

24. 빼놓지 않고 봤는데

25. 그러면서 노래를 알게 되고 외우고 그랬는데

26. 이젠 아저씨가 돼서 그러질 않으니

27. 노래도 잘 모른다.

28. 신세대들과 교집합을 이루기엔

29. 최신 유행가만 한 것이 없는데

30. 나도 별수 없이 점점 꼰대가 되어간다.

31. 그래도 참 신기한 건

32. 어릴 적 불렀던 서태지의 '하여가'는 아직도 생생하게 부를 수 있다.

33. 20살에 외웠던 노래는

34. 아직도 잊지 않고 있다.

35. 당시 기억력이 최고였을까?

36. 어릴 때 배운 것은 인이 배겨 잊히지 않는 모양이다.

37. 그래서 공부는 다 때가 있다고 하는 게 아닌지.

38. 요즘은 어제 읽은 책도 기억이 나지 않는다.

39. 기억력이 감퇴하니

40. 시간이 참 빨리 흐르는 것만 같다.

인세가 들어오더라.

1. 책을 썼다.

2. 책을 쓸 수 있었던 가장 큰 이유를 꼽으라고 하면

3. 텔레비전을 버렸기 때문이다, 라고 말하고 싶다.

4. 책을 많이 읽어서 책을 쓴 게 아니다.

5. 나는 고작 32살 때부터 책을 읽었다.

6. 어릴 때부터 감수성이 풍부해서 책을 쓴 게 아니다.

7. 나는 감수성이 없는 로버트 같은 인간이다.

8. 내가 책을 쓸 수 있었던 것은

9. 텔레비전을 끊었기 때문이다.

10. 텔레비전을 끊고 심심하게 만들어서
    책을 읽고 글을 써 책을 낼 수 있었다.

11. 나는 그렇게 본다.

12. 내가 가장 싫어하는 게 몇 가지 있다.

13. 내 인생을 조지는 몇 가지다.

14. 텔레비전, 게임, 술, 담배다.

15. 내 인생에 있어 전혀 도움이 되지 않는 것들이다.

16. 내 인생을 망쳐놓는 것들이다.

17. 담배로 인해 폐병에 걸렸었다.

18. 술로 인해 위장에 빵꾸도 났었다.

19. 게임으로 인해 학교성적이 얼마나 곤두박질쳤는가.

20. 텔레비전으로 인해 내 인생의 절반 이상을 허송했다.

21. 이런 것들을 과감하게 던져버려야 더욱 나답게 살 수 있다고 봤다.

22. 그래서 하나하나 없애갔다.

23. 담배를 끊었고, 술을 끊었고, 게임을 끊었고, 텔레비전을 끊었다.

24. 할 게 없어진 나는 책을 읽고 글을 썼다.

25. 그리고 책을 냈다.

26. 어제는 아는 형님네와 치킨을 먹었다.

27. 요즘 술 안 마셔?

28. 끊었잖아요.

29. 아니 술도 끊고 담배도 안 피우고 그럼 뭐해?

30. ......기도?

31. 푸핫핫핫핫..... 다들 폭소했다.

32. 더욱 웃긴 것은 우리 테이블 뒤에 신부님이 있었다.

33. 책을 내면 좋은 게 몇 가지 있는데 그중 한 가지.

34. 돈이 들어온다.

35. 글이 돈이 되어 들어오는 거다.

36. 첫 인세를 받았을 때의 기분.

37. 계속 매달 꼬박꼬박 입금되는 그 기분.

38. 책을 계속 쓰고 있기에

39. 점점 입금액이 커지는 그 기분.

40. 텔레비전을 없앤 덕분이다.

Ⅱ.

텔레비전을 끄기 전에는

밤 12시는 기본이었다.

1. 집에 돌아와서

2. 텔레비전을 켜면

3. 요거 끝나면 조거 할 시간

4. 조거 끝나면 이거 할 시간

5. 체크 체크하면서 시간 낭비 없이

6. 프로를 챙겨보았다.

7. 그렇게 보다 보면

8. 12시가 되었다.

9. 텔레비전을 보려고 태어난 사람 같았다.

10. 텔레비전이 무조건 나쁘다는 건 아니다.

11. 무차별적으로

12. 다른 일 안 하고

13. 그것만 보는 게 나쁘다는 거다.

14. 자신을 잘 통제하면서

15. 보면 얼마나 좋겠는가.

16. 좋은 교양 프로그램은 얼마나 많은가.

17. 그런 프로 골라보면서

18. 교양을 늘려도 된다.

19. 일본의 어떤 작가는

20. 텔레비전을 통해서 자신은 많은 교양을 얻었다고

21. 떠들고 다니는데

22. 일면 찬성한다.

23. 텔레비전도 잘만 이용하면

24. 그 어떤 것보다 인류에게 도움을 주는 물건이다.

25. 분별없이 보는 게 문제다.

26. 자기 할 일 미뤄두고

27. 텔레비전에 미치는 것이 문제다.

28. 아이랑 놀기도 하고,

29. 아내랑 대화도 하고

30. 방 청소며

31. 빨래에

32. 설거지도 해야 하는데

33. 그런 거 다 미뤄두고

34. 텔레비전에만 빠지는 것이 문제다.

35. 가족을 생각할 시간에

36. 연예인들의 대소사에만 관심을 두는 것은

37. 그 어떤 말도 다 핑곗거리에 불과할 뿐이다.

38. 밤 12시 넘게 텔레비전 보면서

39. 잠이 부족하다는 말은

40. 막걸리일 뿐이다.

많이 웃었다.

1. 웃음엔 폭소가 있고

2. 피식이 있고

3. 비웃음이 있다.

4. 폭소는 가끔 터져 나오는 것이고

5. 피식은 텔레비전 볼 때 나오는 것이며

6. 비웃음은 관계에서 나오는 것이로다.

7. 피시 피식 쇼 프로를 보면서

8. 많이 웃었다.

9. 골 때리는 녀석들이 나와서

10. 광대 짓을 하면

11. 참 재미있었다.

12. 가족과 대화하면서 웃을 일이 사실 별로 없다.

13. 안 싸우면 다행이다.

14. 기분 전환으로 텔레비전을 틀어

15. 웃고 싶은 거다.

16. 본 거 또 보고 웃고

17. 재탕, 삼탕도 모자라

18. 십탕까지

19. 본 걸 또 봐도 웃겼다.

20. 근데 정작 돌아보면

21. 왜 웃었는지 기억이 나질 않는 거다.

22. 그래서 이런 웃음을 '피식'이라고 부른다.

23. 의미 없는

24. 그저 그런

25. 우러나서 웃는 것이 아닌

26. 그저 시간 때우기식으로

27. 스쳐지나간 웃음이

28. 바로 피식이다.

29. 이런 웃음은 텔레비전이 많이 선사한다.

30. 그래서 재탕, 삼탕을 봐도

31. 다시 웃을 수 있다.

32. 이런 웃음을 많이 웃는다고 해서

33. 행복해질 수는 없다.

34. 그냥 그 순간을 다소 부정적인 그늘에 놓지 않을 뿐

35. 그 이상 그 이하도 아니다.

36. 텔레비전을 보면서

37. 그렇게도 많이 웃었는데

38. 전혀 행복하지 않았다는 것을 보면

39. 알 수 있다.

40. 별 의미 없었다는 것을.

말을 잃었다.

1. 남 말 하는 거 들으면 됐지

2. 내가 말을 해서 무엇하리오.

3. 입이 필요 없다.

4. 눈과 귀만 있으면 된다.

5. 텔레비전은 경청하는 연습을 시켜준다.

6. 그리도 경청연습을 하건만

7. 실제 경청하지 못하는 걸 보면

8. 그다지 효과 있는 훈련법은 아니겠다.

9. 언제나 보고 있으니

10. 오히려 관음증 환자 같다.

11. 남들 노는 거 보고

12. 남들 웃는 거 보고

13. 남들 우는 거 보고

14. 나도 따라 웃고 울고

15. 그러다 보니 남과 눈 맞출 기회를 박탈당한다.

16. 대화가 어렵고

17. 관계가 힘들다.

18. 늘 숨어서 보기만 했으니

19. 직접 말하고 듣는 행위 자체가 거북스럽다.

20. 눈을 제대로 못 맞추면서

21. 무슨 죄를 지은 거처럼

22. 어수룩하게 관계를 한다.

23. 말주변이 없다.

24. 말할 기회를 만들지 못했으니

25. 그런 거 같다.

26. 텔레비전 없이 자란 아들은 어떤가?

27. 별명이 '입 좀 쉬'다.

28. 무진장 떠든다.

29. 관계를 어려워하지 않는다.

30. 상대가 나이가 많건

31. 어리건

32. 가리지 않고 할 말 죄다 한다.

33. 당당하다.

34. 거짓이 없다.

35. 나 같이 숨어보는 일은 적게 해서 그런 거 같다.

36. Give & Take

37. 주고받아야 하는데

38. 늘 받기만 하니

39. 주는 게 어렵다.

40. 말을 잃었다.

시간 가는 줄 몰랐다.

1. 시간이 아깝지 않았다.

2. 세상에서 가장 소중한 것이 가족 말고 시간인데

3. 돈보다 중요한 것이 시간인데

4. 그 엄청난 시간을 그냥 흘려보냈다.

5. 돈이야 있다가도 없는 것이고

6. 없다가도 있는 것인데

7. 시간은 '빠꾸'가 안 된다.

8. 흘러가버리면 그냥 끝이다.

9. 그 아까운 시간을

10. 그리도 허망하게 보내버렸다.

11. 아무리 몸부림쳐도 대학생 시절로 돌아갈 수 없고,

12. 아무리 몸부림쳐도 어제로 돌아갈 수 없고,

13. 아무리 몸부림쳐도 1초 전으로 돌아갈 수 없는데

14. 그냥 마구 흘려보내 버렸다.

15. 수돗물 아까운 줄은 알아도

16. 시간 아까운 줄 몰랐다.

17. 수도꼭지에서 물을 틀어 줄줄 흘러가는 수돗물은 그렇게 아까워하면서

18. 시간은 아까운 것은 왜 몰랐을까?

19. 그게 텔레비전의 마력이다.

20. 뒤를 돌아볼 틈을 주지 않는다.

21. 한 프로 보면 다음 프로, 또 다음 프로만 생각하게 한다.

22. 시간에 대해 망각하게 된다.

23. 텔레비전 보다 보니 나이만 들었다.

24. 늙수구레가 되었다.

25. 텔레비전 앞에서 보낸 시간을 합하면?

26. 아마 잠자는 시간 다음으로 많을 것이다.

27. 3억 대 1의 확률을 뚫고 어렵게 태어났는데

28. 텔레비전에 빠져 허송하다니

29. 이 얼마나 억울한 일인가.

30. 텔레비전을 만든 자를 족칠 수도 없고

31. 결국, 내가 본 것이니까

32. 모든 것은 내 책임이다.

33. 이제라도 그 사실을 절절하게 깨달았으니

34. 텔레비전으로 내 아까운 시간을

35. 다시는 버리지 않을 것이다.

36. 차라리 잠을 자면 잠을 잤지

37. 그 마수에 걸려들지 않을 것이다.

38. 지구상의 텔레비전만 보는 보통 사람들의 일생을

39. 이렇게 말하고 싶다.

40. 어렵게 태어나서 평생 텔레비전만 보다 죽었노라.

시간이 없었다.

1. 집에 오면

2. 늘 텔레비전을 켜놓고

3. 보게 되니

4. 시간이 부족했다.

5. 공부할 시간도 없고

6. 잠 잘 시간도 없고

7. 대화할 시간도 없고

8. 놀 시간도 없고

9. 남들은 어떻게 두 가지, 세 가지 일을 할 수 있는지

10. 전교 1등은 어떻게 바이올린도 그렇게 잘 켤 수 있는지

11. 공부 잘하는 재훈이는 어떻게 만화책도 그리 많이 보면서 공부를 잘 할 수 있는지.

12. 놀랍기만 했다.

13. 왜 나는 시간이 없을까?

14. 텔레비전을 달고 살았으니

15. 당연할 수밖에.

16. 집에 오면 텔레비전이 주인이니

17. 늘 시간이 없었다.

18. 텔레비전을 없애고 나서

19. 가장 크게 놀랐던 것은

20. 시간이 남아도는 것이었다.

21. 이리 많은 시간을 줄곧 텔레비전에만 쏟았다니

22. 이런 한심한지고.

23. 텔레비전을 보면서 할 수 있는 일을 몇몇 빼고는

24. 텔레비전을 보면서 동시에 할 수 없는 일들이 더 많다.

25. 텔레비전 보면서 콩나물을 다듬을 수 있다.

26. 텔레비전 보면서 책을 읽을 수는 없다.

27. 텔레비전을 보면서 과자를 먹을 수 있다.

28. 텔레비전을 보면서 공부를 할 수는 없다.

29. 이렇게 텔레비전을 보면서 할 수 있는 일들이 있지만

30. 대부분의 중요한 일들은

31. 동시에 할 수 없다.

32. 그러니 텔레비전을 꺼야 하는데

33. 늘 켜서 왕왕 소리를 내고 있으니

34. 시간이 없을 수밖에.

35. 텔레비전을 보다가

36. 공부하려고 방에 들어가면

37. 공부가 되나?

38. 정신이 산란해서 집중할 수 없다.

39. 텔레비전 보다가 책 보려면 볼 수 있나?

40. 닭이 산란해서 소란스러울 뿐이다.

고정 자세였다.

1. 텔레비전 앞을 떠나지 않았다.

2. 자세는 똑바로 누워서

3. 베개를 높여서

4. 이불 덮고

5. 형광등 불 끄고

6. 그대로 누워있었다.

7. 송장처럼.

8. 물 마시고

9. 화장실 갈 때만

10. 일어났다.

11. 겨울이면 더 했다.

12. 어머니께서는 돈 아낀다며 집을 냉장고로 만들었고

13. 그럴수록 나는 동생과 함께

14. 고정자세를 취했다.

15. 얼굴만 내놓고

16. 눈은 텔레비전을 향한 채

17. 송장처럼 자세를 취했다.

18. 좀 더 커서는

19. 그 자세에 담배까지 뻐끔거렸다.

20. 이불은 담배빵으로 구멍이 군데군데 있었고

21. 방은 담뱃진으로 절어 있었다.

22. 가끔 창문을 열어

23. 담배 연기를 내보냈다.

24. 저녁이 되면

25. 술을 사다가

26. 동생과 마셨다.

27. 눈은 텔레비전에 고정되었고

28. 담배에 술에

29. 그렇게 청춘을 버렸다.

30. 술값이 없으면

31. 어머니 지갑에서 몰래 슬쩍 했고,

32. 어머니가 이불 밑에 감춰둔 돈 봉투에서 돈을 뺐다.

33. 폐인.

34. 흐흐흐

35. 텔레비전이 없었다면

36. 적어도

37. 만화방에서 만화라도 빌려다가

38. 읽지 않았을까?

39. 당시는 읽지 않고

40. 누워만 있었다.

머리가 아팠다.

1. 종일 텔레비전을 보고 나면

2. 머리가 떵하다.

3. 뭘 봤는지

4. 기억도 나질 않는다.

5. 정신 놓고 사는 거다.

6. 누가 확실하게 제어해주었으면 싶은데

7. 가족들도 이미 통제 불능 상태로

8. 텔레비전에 홀딱 빠져버렸다.

9. 텔레비전을 보려고 사는 거다.

10. 텔레비전을 보는 자세는?

11. 눕는다.

12. 결코 앉아서 보지 않는다.

13. 더 멍해진다.

14. 일어나면 현기증이 인다.

15. 종일 누워서 텔레비전을 보면

16. 머리가 아프다.

17. 피가 머리로 쏠린 느낌

18. 시간은 잘도 간다.

19. 일요일 아침부터 보기 시작한 게

20. 벌써 저녁 주말 드라마를 향해 가고 있다.

21. 하루가 그냥 갔다.

22. 종일 누워서 본 것밖에 없다.

23. 리모컨

24. 손에는 그게 들려 있다.

25. 무거우면 운동이나 되지

26. 버튼만   .

27. 버퍼링 없이

28. 바로바로

29. 시청이 가능하다.

30. 제 몸은 게으르면서

31. 화면 버퍼링은 참지 못한다.

32. 몸은 느린데

33. 손가락은 빠르다.

34. 남의 얼굴 실컷 보다

35. 오줌싸러 화장실에 가서 보면

36. 부스스한 내 얼굴

37. 츄리닝에 헐렁한 티, 눈곱

38. 헝클어진 머리

39. 더 엉망인

40. 내 머릿속.

그래도 뉴스는 안 봤다.

1. 뉴스를 봐야 세상 돌아가는 것을 알 텐데

2. 고리타분한 뉴스 봐서 뭐 하겠누

3. 재미난 쇼 프로나 보는 게지.

4. 어릴 때는 참 만화만 죽어라 봤는데

5. 크니까 쇼 프로만 죽어라 보네.

6. 뉴스를 봐야 세상 돌아가는 것을 알 텐데

7. 주야장천 쇼 프로만 보니

8. 유머 감각은 있을지언정

9. 진중함은 사라졌다.

10. 그렇게 재미있던 만화가

11. 너무도 시시해졌다.

12. 바이오맨, 장고, 고바리안, 실버호크,
    은하철도 999, 태양소년 에스테반, 돈데크만, 나디아 등등

13. 빼놓지 않고 봤던 만화가 그리도 시시해지다니.

14. 하긴 뉴스 보면 뭐하겠나?

15. 맨날 살인 얘기에

16. 사건 사고 소식에

17. 사람들 싸우는 거 하며

18. 볼만한 뉴스가 뭐가 있겠는가?

19. 세뇌나 당하는 거지.

20. 가볍게 쇼 프로그램이나 보는 게 더 낫다.

21. 요즘도 가끔 뉴스를 보면

22. 볼 게 없다.

23. 뉴스를 매일 보면

24. 정신 건강에 매우 안 좋을 듯싶다.

25. 매일 그런 뉴스를 다루는 앵커들의 고충이 만만치 않을 것이다.

26. 이렇게 작은 나라에서도 사건 사고가 이리도 많은데

27. 중국이나 미국은 오죽할까?

28. 뉴스는 그렇다 치고

29. 교양프로그램이라도 봤으면

30. 교양이라도 생겼을 테지만,

31. 쇼 프로그램만 봤으니

32. 무슨 개그맨이 될 것도 아니면서

33. 아~ 시간이 아깝다.

34. 쇼 프로그램이 많이 늘수록

35. 국민은 바보가 되어 간다.

36. 생각할 거리를 없애고

37. 멍청하니 시시덕거리기만 하는 국민은

38. 사회, 정치, 경제, 문화 등등에

39. 점점 소원해지게 된다.

40. 그걸 누군가 노릴지도 모른다.

가상현실 속에서 살았다.

1. 내가 하는 게 없다.

2. 텔레비전 속의 가상 속에서만 살았다.

3. 남이 하는 거 보고

4. 남이 사랑하는 거 보고

5. 남이 출세하는 거 보고

6. 남이 노는 거 보며

7. 내 삶이 아닌

8. 남의 삶을 살았다.

9. 불공평했다.

10. 내가 사는 삶을 누구도 봐주지 않는데

11. 나는 왜 그들의 삶을 봐야만 했을까

12. 더욱이 화나는 것은

13. 텔레비전 속은 진실보다는

14. 거짓과 허구가 많다는 거다.

15. 현실 도피용으로

16. 텔레비전만 한 것도 없다.

17. 게임도 있지만

18. 가장 쉽게 접근할 수 있는 것이 텔레비전이다.

19. 그저 전원만 켜고 채널만 돌리면 된다.

20. 텔레비전 조작법을 따로 배울 필요가 없다.

21. 이렇게 쉽고 간편하니까

22. 3살짜리 어린 아이도 쉽게

23. 텔레비전에 적응할 수 있다.

24. 그래서 무분별하게 시청하게 된다.

25. 텔레비전 보는 법을 조금 더 어렵게 만든다면

26. 컴퓨터 배우듯이 그런 과정이 있었더라면

27. 지금보다는 덜 보게 될 것이다.

28. 어린이가 있는 집에 놀러 가보면

29. 텔레비전이 틀어져 있다.

30. 몸으로 놀던 아이는

31. 순간 우두커니 멈춰 서서

32. 눈을 텔레비전에 고정해 놓고

33. 꿈쩍하지 않는다.

34. 입을 헤 벌리고

35. 텔레비전 속으로 쏙 빠져든다.

36. 어릴 때부터 이렇게 훈련받게 되면

37. 나중에 더욱 텔레비전 끊기가 힘들어진다.

38. 이런 건 조기교육 할 필요가 없다.

39. 가상현실보다는

40. 실제 현실에 보다 충실해야 한다.

본 걸 또 봤다.

 1. 골백수 시절

2. 종일 텔레비전만 봤다.

3. 물론 게임도 했다.

4. 그래 정확하게 말해서 게임을 하면서 텔레비전 봤다.

5. 언제 골백수였나...?

6. 그 아련했던 시절...

7. 대학을 졸업하고

8. 병아리감별사 수련을 할 때였구나.

9. 일주일에 두 번 필드에 나가서 수련하던 시절이었다.

10. 수련생이지만 운전을 도맡아 하고

11. 여러 가지 잡일들을 해서

12. 약간의 용돈 벌이도 했던 시절이었다.

13. 병아리감별사로 외국취업을 하려고 했던

14. 그 시절...

15. 텔레비전이 빠질 수 없었다.

16. 텔레비전을 깨어있는 시간 내내 켜 놓으면

17. 재미있는 사실을 알게 된다.

18. 했던 걸 또 방송한다.

19. 재방, 삼방, 사방, 오방...

20. 끝이 없다.

21. 본 걸 또 보고 본 걸 또 본다.

22. 나중에는 외울 정도가 되는데

23. 텔레비전 광고도 여러 번 보면 저절로 외워지듯이

24. 방송도 외워진다.

25. 유재석이 할 말을 내가 먼저 말한다.

26. 이렇게 반복해서 시청하게 되니

27. 이런 복습도 없다.

28. 외울 정도로 보게 되니

29. 옥에 티를 자연스레 찾게 된다.

30. 방송 중 뭔가 잘못되거나 이상한 장면을 자동으로 알게 된다.

31. 옥에 티를 찾는 시청자들은

32. 아마도

33. 내 예상이 맞는다면

34. 텔레비전 중독자들이다.

35. 나도 여러 옥에 티를 찾았는데

36. 굳이 나서서 알리지 않았다.

37. 그 시절 책을 봤다면

38. 최소한 판타지 소설이나 무협지라도 읽었더라면

39. 지금쯤 이름 좀 날리는

40. 장르 소설 유명 작가가 되었을 것인데 아쉽다.

나를 안 봤다.

1. 텔레비전 보기에 미쳤는데

2. 어찌 날 볼 시간이 있겠노?

3. 한 프로라도 더 보려고 애쓰면 애썼지.

4. 내 얼굴은 봐서 뭣 하노?

5. 얼굴을 봐야

6. 내가 잘 생겼는지?

7. 뭘 할 것인지?

8. 뭐 해 먹고 살 것인지?

9. 고민했을 텐데.,

10. 허구한 날

11. 텔레비전만 끼고 있으니

12. 날 돌아볼 겨를이 없었다.

13. 명퇴하신 아버지가

14. 새벽에 신문을 돌리러 나가도

15. 나는 해외축구 보느라

16. 일 나가시는 아버지에게 인사조차

17. 하지 않았다.

18. 군대도 제대한 놈이

19. 아버지 일을 거들어 드려야 했건만

20. 뭐가 심중에 꼬였는지

21. 쳐다 보지도 않았다.

22. 그런 아들에게 아버지는

23. 아무 소리도 하지 않으셨다.

24. 나 같으면 소리라도 빽하고 지를 텐데

25. 아니면 같이 좀 돌리자고 꼬셨을 텐데

26. 아버지는 그렇게 홀로 새벽바람을 맞으셨다.

27. 에휴.

28. 이제야 자식을 키워보니

29. 아버지 마음을 알 것 같다.

30. 고생하시는 아버지를 보며

31. 더 열심히 공부했어야 했는데

32. 그저 나는 그러고 있었다.

33. 한심한 족속

34. 꼬인 성격

35. 불효자

37. 이제야 나를 돌아보며

38. 이제야 그때 일을 반성한다.

39. 다행히

40. 아버지가 살아계시니 아직 기회는 있다.

대화를 안 했다.

1. 가족뿐만 아니라

2. 남하고도 하지 못했다.

3. 텔레비전 보는데 말 시키면?

4. 짜증 냈다.

5. 드라마 한창 집중해서 보고 있는데

6. 옆에서

7. 쟤는 누구고?

8. 쟤가 방금 뭐라고 말했냐고?

9. 물으면 솔직히 짜증 난다.

10. 대충 설명해줘도 그만인데

11. 이 못된 성격에 그렇게 하지 못한다.

12. 대화는커녕

13. 안 싸우면 다행이다.

14. 텔레비전을 보면서 그렇게 대화의 물꼬를 터도 될 텐데

15. 그렇지 못했다.

16. 엄마가 물어봐도 짜증을 냈고

17. 동생이 물어보면 더더욱 대꾸조차 하지 않았다..

18. 하긴 물어보는 상황도 잘 연출되지 않았다.

19. 다 같이 텔레비전에 몰두하고 있으니

20. 모를 리가 없지 않은가.

21. 가족에게 좀 더 친절했었다면...

22. 왜 그리도 성격이 괴팍했을까?

23. 동생은 나에게 지금 많이 좋아졌다고 말한다.

24. 당시에는 이마에 핏대가 서가지고 날카로웠다고

25. 제 형수에게 고자질한다.

26. 나이가 들고 살이 찌니까

27. 성격이 유순해졌을 수도 있겠지만

28. 나는 달리 생각한다.

29. 텔레비전을 보면 신경이 날카로워진다.

30. 반복적인 시청은 신경을 날카롭게 만든다.

31. 나만 그럴 수도 있다.

32. 나는 텔레비전을 50년 넘게 봤어도 그렇지 않아!

33. 라고 항변하는 독자들도 있을 수 있다.

34. 내 경우가 그렇다는 거지 보편적이라고는 말하지 않겠다.

35. 오늘 어머니와 전화통화를 했다.

36. 어머니의 말수가 많이 느셨다.

37. 전화를 끊을 기미가 안 보였다.

38. 나는 충분히 들어드리고 많은 말을 했다.

39. 전화 통화 내내 한순간도 쉼 없이 서로 따따부따했다.

40. 40분간 통화했다.

조명이 어두웠다.

1. 텔레비전 보는데

2. 환할 필요는 없다.

3. 전기세를 아껴야지.

4. 군이 뭘 켜나.

5. 친구가 있었다.

6. 그놈 새끼는 절대로 형광등 불을 안 켰다.

7. 늘 어두컴컴하게 지냈다.

8. 형광등을 켜면

9. 생지랄을 떨었다.

10. 전기요금 많이 나온다면서.

11. 텔레비전 불빛만으로도 많은 일을 할 수 있다는 듯이

12. 늘 어두컴컴했다.

13. 백수 시절

14. 그 친구의 집에 며칠씩 기거하면서 지냈었다.

15. 늘 어두운 동굴에서 사는 느낌이었다.

16. 쌔끼가 하나는 알고 둘은 모르는구나

17. 형광등 안 켜서 전기요금은 아껴도

18. 네 눈 나빠지는 건 어떻게 할래?

19. 안경값이 더 나가겠다.

20. 텔레비전이 거실에 있을 때

21. 거실 조명등이 밝을 이유가 없었다.

22. 약간 침침해도 괜찮았다.

23. 텔레비전 보는 데 전혀 지장이 없었다.

24. 그러나 텔레비전을 치우고

25. 거실을 서재로 바꾸자

26. 조명이 밝아져야만 했다.

27. 책 보려면 밝아야 했다.

28. 그래서 우리 집은 거실등이 꽤 밝은 편이다.

29. 스탠드등을 따로 쓰지 않기 때문에

30. 거실등이 밝아야만 한다.

31. 얼마 전에 거금을 들여서 거실등을 바꿨다.

32. LED로 바꿨다.

33. LED가 일반등보다 더 밝고 환했다.

34. 5만 시간 보증이 맘에 들었다.

35. 그러나 웬걸 6개월 만에 하나가 나갔다.

36. 일체형이나 등 하나가 나가면 다 갈아줘야 한다.

37. 이런 젠장

38. 고민하다가 다시 등을 샀다.

39. 또 거금이 들었다.

40. 이제는 분리형으로 샀다. 하나 고장 나면 그것만 갈아주면 된다.

시끌시끌했다.

1. 집에 오면

2. 조용히 공부 좀 하고 싶은데

3. 늘 텔레비전이 켜져 있으니

4. 집에서는 도저히 공부할 분위기가 아니었다.

5. 남들은 다들 집에서 공부한다고 하는데

6. 어떻게 집에서 공부할 수 있지?

7. 나는 텔레비전을 피해서 독서실로 도서관으로 전전해야만 했다.

8. 아들이 공부한다고 하면

9. 보통 텔레비전을 꺼주는 게 예의인데

10. 우리 집은 도대체 그런 기미를 보이지 않았다.

11. 절이 싫으면 중이 떠나라고

12. 나는 그렇게 집을 떠나 공부를 할 수밖에 없었다.

13. 학창시절 우리 반에 공부를 꽤 잘하던 놈이 있었다.

14. 고놈은 결국 나중에 서울대에 입학했다.

15. 고놈 형하고 누나도 다들 서울대에 이화여대를 나왔다.

16. 고놈은 집에서 공부했다.

17. 어떻게 그게 가능하지?

18. 어느 날 물어봤다.

19. 어디서 공부하니?

20. 집에서.

21. 집에서 한다고? 시끄럽지 않냐?

22. 아니, 집에 가면 공부밖에 할 게 없어.

23. 뭐라고?

24. 아버지고 어머니고 형이고 누나고 다 공부만 해

25. 그래서 집에 가면 나도 공부만 하게 돼.

26. 이거였다.

27. 잘되는 집안은 이미 분위기가 다른 것이다.

28. 우리 집 하고는 판이했다.

29. 아, 공부밖에 할 수 없는 시스템이로구나!

30. 할 게 공부밖에 없는 그런 시스템이니까

31. 고놈이 공부를 잘할 수밖에...

32. 자식놈들에게 공부하라고 할 필요가 없다.

33. 부모가 모범적으로 공부하면 된다.

34. 공부밖에 할 수 없는 분위기를 만들어 주면 된다.

35. 그래서 나는 그게 너무나 부러웠다.

36. 나중에 결혼해서 일가를 이루면 나는 반드시

37. 집을 바꿀 것이다.

38. 공부하기 위해 집을 떠나는 경험을
    내 자식에게는 물려주지 않으리라.

39. 그래서 나는 우리 집에 텔레비전을 없애고

40. 공부밖에 할 수 없는 분위기로 만들어 버렸다. 쿨럭~!

야식을 시켰다.

1. 예전에 아버지께서 명퇴하시고

2. 치킨집을 할 때의 일이다.

3. 당시 이런 얘기를 들었다.

4. 텔레비전에서 치킨 먹는 장면이 나오면

5. 그날 매상이 갑절로 는다는 말이었다.

6. 실제 드라마에서 치킨을 먹는 날은 치킨 매상이 올랐고,

7. 족발을 먹는 장면이 나오면 족발집이 대박이 났다.

8. 그래서 방송심의위원회에서는

9. 담배 피우는 장면이나 술 마시는 장면을 방송하지 못하게 하는 거다.

10. 텔레비전에서 백종원이 뭐 맛있다고 방송해봐라.

11. 다음날 마트에 동이 난다.

12. 그만큼 텔레비전의 파워는 세다.

13. 어디 먹거리만 그런가?

14. 입는 거, 쓰는 거, 착용하는 거, 달고 다니는 거, 장식하는 거 등등

15. 모든 것이 텔레비전에 보이면

16. 시청자들은 따라 하게 된다.

17. 꼭 닭들이 먹이를 먹는 모습과도 흡사하다.

18. 나는 양계장 김 씨로서 닭들을 오랫동안 관찰해왔다.

19. 닭 한 마리가 먹이를 먹기 시작하면

20. 다수의 닭이 따라 한다.

21. 우두머리 닭이 뭔가를 하면

22. 다수의 닭이 너 나 할 것 없이 따라 한다.

23. 생각이란 게 없다.

24. 그냥 남이 하니까 따라 하는 거다.

25. 닭대가리들이다.

26. 근데 닭만 이런 게 아니다.

27. 돼지도 그렇고,

28. 소도 그렇고,

29. 오리도 그렇다.

30. 그러니 사람이라도 다르겠는가.

31. 텔레비전에서 야식을 먹으면

32. 당연히 야식이 당긴다.

33. 먹어줘야 한다.

34. 남들은 먹는데 나만 못 먹어서야 되겠는가.

35. 마구 먹어줘야 한다.

36. 예전 1일 1닭 하던 시절에

37. 멕시칸 치킨집에 전화를 걸었더랬다.

38. 하루는 조금 늦게 전화를 걸었더니

39. 글쎄 주인장이 이미 포장해놓고는

40. 왜 전화 안 올까 기다리고 있다고 했다.

눈이 높아졌다.

1. 이효리, 전지현, 김태희

2. 한국 최고의 미녀들이다.

3. 매일 이런 분들만 보다 보니

4. 어느덧

5. 내 눈이 한껏 올라갔다.

6. 제 분수도 모르고

7. 감당할 수도 없으면서

8. 미의 기준이

9. 어느샌가 그분들이 되어버렸다.

10. 친구가 있었다.

11. 외국에 나가서 공부하던 친구가

12. 귀국했다.

13. 며칠 후 만났는데

14. 그 친구 하는 말이

15. 한국에 와서 보니까 정말 이쁜 탤런트가 눈에 띄더라는 것이다.

16. 누구냐?

17. 김태희였다.

18. 그래 김태희 이쁘지.

19. 그래도 이효리의 매력보다는 덜하지 않냐?

20. 김태희는 아무래도 좀 모범생 같은 느낌이 들잖아.

21. 이효리가 뭔가 고혹적이지 않으냐?

22. 뭔 소리냐?

23. 여자 연예인 하면 전지현이지.

24. 그렇게 우리는 싸웠다.

25. 어느덧 시간이 흘렀다.

26. 영원할 것만 같았던 우리의 스타들은 다 결혼을 해버렸다.

27. 김태희는 가수 비와

28. 이효리도 가수 이상순과

29. 전지현도 사업가(?)와 결혼을 해버렸다.

30. 그리고 누가 이쁘네! 쟤가 이쁘네! 싸웠던 우리도

31. 어느덧 결혼했다.

32. 다들 이효리, 전지현, 김태희급의
    미모 있는 여성들과 결혼은 하지 못했지만

33. 다들 잘 살고 있는 중이다.

34. 우리 친구들의 청춘을 함께 해주었던 별님들이시여~

35. 그대들은 아무리 늙어도

36. 영원한 우리들의 별님들이에요.

37. 새로운 스타들이 나와서

38. 아무리 저희를 꼬셔도

39. 저희는 영원히 언니들

40. 팬이랍니다. 화이팅!

내가 싫었다.

1. 죽으려고 했었다.

2. 어두운 골방에서 텔레비전만 보다가

3. 급 우울해지면서

4. 그냥 죽으면 어떨까 싶었다.

5. 군대를 제대하고

6. 이상하게 우울한 나날을 보내고 있다가

7. 무기력한 나를 보고

8. 늘 누워만 있던 나를 보고

9. 늘 텔레비전만 보다가

10. 갑자기 인생이 심심하다는 생각이 들었다.

11. 무미건조했다.

12. 사랑이 없었고

13. 생동감이 없었다.

14. 더 살아서 뭐하나 싶었다.

15. 그래 자살하자.

16. 살 이유가 없다.

17. 죽을 방법을 생각했다.

18. 연탄가스를 켜고 술을 진탕 마시고 죽을까?

19. 수면제 먹고 죽으려면

20. 수면제 사러 돌아다니다가 지쳐서 죽을지도 모르니까

21. 더 간단하게 죽을 방법이 없을까?

22. 넥타이로 목을 맬까?

23. 목매고 죽으면 죽는 순간 황홀하다고 하는데

24. 그걸 느껴볼까?

25. 집에서 죽을까?

26. 나가서 죽을까?

27. 무수한 고민과 생각을 했다.

28. 어머니는 일 나가시고

29. 동생도 일 나가고 없는

30. 고독하고 어두운 방 안에서

31. 그것도 밖은 너무도 화창한 날에

32. 나는 죽음을 생각하고 있었다.

33. 그때도 골방에서 텔레비전은 왕왕거렸다.

34. 다들 웃고 떠드는 연예인 목소리들이

35. 내 방을 채웠지만

36. 나는 죽음을 생각했다.

37. 그러다가 갑자기 무서워졌다.

38. 죽기도 쉽지 않았다.

39. 그래 죽었다 치고

40. 그냥 살아보자.

밖에 나가기 싫었다.

1. 친구가 밖에서 불렀다.

2. 놀자!

3. 동생과 나는 그 소리를 들었지만

4. 집에 없는 척했다.

5. 왜냐면 나가기 싫었기 때문이다.

6. 텔레비전이 보고 싶었다.

7. 그러나 그 친구는 끝까지 불렀다.

8. 아 이 자슥이 그냥 가지

9. 왜 자꾸 불러.

10. 그런데 알고 봤더니

11. 이미 우리가 집에 있는 것을 알고 있었다.

12. 나와봐!

13. 어쩔 수 없이 나갔다.

14. 왜?

15. 너희가 저 집 유리창 깬 거지?

16. 뭐라고?

17. 그놈은 우리 형제에게 옆집 유리창을 우리가 깼냐고 물었다.

18. 아니 확신에 차서 물어본 것이었다.

19. 무슨 소리야. 전혀.

20. 거짓말 하지 마. 옆집 꼬마가 그러던걸. 너희가 깼다고.

21. 이런 제기랄 누명도 이런 누명이 없었다.

22. 진짜 아니라니까

23. 자꾸 거짓말할래? 너희 좀 나와.
    유리창 깨진 할머니가 무진장 화났으니까.

24. 정말 재수 옴 붙은 날이었다.

25. 우리 형제는 그 할머니에게로 불려갔고

26. 우리가 아니라고 말했지만

27. 할머니는 믿지 않았다.

28. 너무도 억울해서

29. 눈물이 주체할 수 없이 흘렀다.

30. 우리가 집에 있으면서 없는 척 한 것이 더 의심을 증폭시켰다.

31. 그놈의 텔레비전을 보겠다고

32. 의심을 더욱 산 것이다.

33. 어머니가 시장에 갔다가 돌아오자마자

34. 우리 형제는 엄마에게 달려가서

35. 정황을 말했다.

36. 엄마는 우리를 믿어주셨고,

37. 그 할머니에게로 우리를 데리고 가서

38. 우리를 옹호해 주셨다.

39. 엄마가 그렇게도 대단해 보일 수 없었다.

40. 엄마 짱!

멍했다.

1. 시끄러운 곳에 있다가

2. 조용한 곳에 오면

3. 정신이 몽롱해진다.

4. 멍~ 해진다.

5. 텔레비전을 보다가

6. 한번 꺼봐라.

7. 정신이 멍해진다.

8. 관성의 법칙이 있다.

9. 하던 것을 계속하려는 속성이다.

10. 가다가 멈추면 관성 때문에 적응이 힘들어진다.

11. 계속 가야 아무렇지도 않다.

12. 텔레비전을 보면

13. 계속 봐야지 중간에 끊으면

14. 이상한 상태에 빠진다.

15. 그래서 관성을 유지하기 위해

16. 계속 텔레비전을 봐줘야 이상이 없어진다.

17. 모든 중독이 이렇게 진행된다.

18. 담배도 계속 펴줘야 몸이 이상해지지 않는다.

19. 술도 계속 먹어줘야 몸에 이상 신호가 안 온다.

20. 그러나 어느 날 뚝 끊어봐라.

21. 안 아프던 몸이 아프기 시작한다.

22. 이걸 명현현상이라고 부른다.

23. 중독의 끝은 파멸이다.

24. 몸이 어찌어찌 버텨보지만

25. 중독에 의해 무너지게 된다.

26. 텔레비전 중독도 마찬가지다.

27. 어느 순간이 되면 몸과 마음이 무너지게 된다.

28. 이는 중독에 공통으로 드러나는 증상이다.

29. 멍청해지지 않으려면

30. 그래도 달고 난 머리를 조금이라도 굴리려면

31. 텔레비전을 단속해줘야 한다.

32. 텔레비전이 우리 머리에 빨대를 꽂고서

33. 쪽쪽 우리의 진기를 빨아먹고 있다

34. 진기를 빨아먹으면서 마취제를 조금씩 넣어준다.

35. 그래서 우리는 아무 이상을 못 느낀다.

36. 점점 강도는 세져서

37. 텔레비전 시청 시간이 늘게 되고

38. 중독은 더 강해지고

39. 마취제도 더 몸속으로 퍼져나간다.

40. 멍해진다.

부러워만 했다.

1. 텔레비전에 자주 등장하는 인물로 재벌 2세가 있다.

2. 일단 부럽다.

3. 또 다른 종족으로는 꿈을 향해 열심히 노력하는 주인공이 있다.

4. 그리고 꼭 꿈을 이룬다.

5. 못난 오리가 훨훨 날갯짓을 하며 하늘로 날아오른다.

6. 남이 꿈을 꾸고 그 꿈을 향해 뛰고 꿈을 이루는 과정을
   나는 죽 지켜본다.

7. 부럽다.

8. 부러워만 한다.

9. 정작 내 꿈이 뭔지도 모르고

10. 나는 무엇을 잘하는지도 모르면서

11. 그저 남이 하는 것만 지켜보며

12. 부러워할 뿐이다.

13. 나는 그렇게 살지 못하면서

14. 남이 잘되는 것만 볼 뿐이다.

15. 늘 고정자세를 취해 송장처럼 누워있으면서

16. 내 꿈을 향해 노력하기는커녕

17. 나를 버리고

18. 주인공의 삶만 추적해가며

19. 주인공이 잘되면 기뻐하고

20. 못 되면 슬퍼한다.

21. 나 자신에 대한 삶을 생각하지도 않은 채

22. 그저 주어진 드라마 대본에 따라

23. 나는 희로애락을 하였다.

24. 감정이입이었다.

25. 내가 주인공이 된 것 같은 느낌

26. 최소한 주인공이랑 무진장 친한 사이라는 그런 느낌이었다.

27. 그런데 주인공은 나를 모른다.

28. 그저 나만 좋아서

29. 입 헤 벌리고

30. 주인공만 바라보고 있다.

31. 그를 부러워만 하는 것이다.

32. 주인공 입장에서야 얼마나 고맙겠는가.

33. 그럼 나는 그에게서 무엇을 얻어냈는가?

34. 감동?

35. 약하다.

36. 동기유발?

37. 행여나.

38. 그 어떤 자극도 되지 않았고

39. 타산지석(他山之石), 역지사지(易地思之)하지 않았다.

40. 그저 부러워만 할 뿐.

내 시간 버려가며 광고를 봤다.

1. 광고는 돈이다.

2. 방송국의 최대 수입은 광고 수주에서 온다.

3. 기업체에서 광고를 맡기고

4. 그걸 송출해서

5. 돈을 벌고 있다.

6. 텔레비전을 보는 우리는

7. 그 광고를 보고

8. 물건을 산다.

9. 근데 이 시스템에 문제가 있다.

10. 옛날에 옛날에

11. 난 어떤 사업에 잠시 잠깐 발을 담근 적이 있다.

12. 광고를 보면 돈을 주는 사업이었다.

13. 시청자가 광고를 보면

14. 그 광고를 봐줬다는 의미에서

15. 한 인터넷 사이트에서

16. 돈을 꽂아 주는 것이다.

17. 추천인을 많이 두면

18. 그만큼 수익이 더 커지는 사업아이템이었다.

19. 나는 대리점을 내기 직전까지 갔고

20. 친구가 돈을 빌려주지 않아서

21. 못 했던 경험이 있다.

22. 뭐 텔레비전이야 (우리가 시청료를 내는 것도 우습지만)

23. 여러 가지 프로그램을 거의 공짜로 보게 되니

24. 이해 간다지만

25. 사실 우리가 공짜로 보는 건 아니다.

26. 광고를 봐주니까 공짜일 수가 없다.

27. 영화는 더 가관이다.

28. 표 끊고 들어가서

29. 영화 시작 전에 광고를 본다.

30. 멍청하게

31. 내 돈 내고 광고를 봐 주는 거다.

32. 이런 날강도들이 어디 있는가.

33. 극장 입장에서는 영화로도 돈 벌고, 광고로도 돈 벌고

34. 악덕이다.

35. 하여튼 나는 광고를 보고 돈을 벌었다.

36. 5만 원

37. 가입자들은 사이트의 회원이 되어서

38. 시간이 날 때마다 광고를 보고 돈을 챙긴다.

39. 그게 광고 효과가 없을 거 같지만
    매일 반복되는 광고로 시청자들은 분명 세뇌되어 간다.

40. 근데 그 사업은 망했다.

혼자 있을 때 무섭지 않았다.

1. 요즘 유행하는 말이 혼밥

2. 혼자서 밥 먹기

3. 혼술

4. 혼자서 술 먹기

5. 텔레비전의 최강점은

6. 혼텔이다.

7. 혼자 지내는 1인 가구가 많아지고 있는 요즘

8. 텔레비전이야말로 적막감 해소에는 제격이다.

9. 외로울 때

10. 심란할 때

11. 텔레비전이 많은 도움이 된다.

12. 무조건 나쁘다고만 할 수 없다.

13. 문명의 이기를 어떻게 사용하는가에 따라

14. 나처럼 바보가 될 수도 있고

15. 일본의 한 작가처럼 시사 교양이 무진장 늘 수도 있다.

16. 홀로 사는 사람들에게

17. 혼자 있는 힘이 부족하다면

18. 텔레비전만 한 것이 없을 것이다.

19. 어떤 놈이 기억난다.

20. 외국어를 정복하겠다고

21. 외국에 갈 돈은 없으니까

22. 종일 영어방송만 틀고서

23. 시청했다.

24. 영어 실력이 상승했고

25. 유창하게 영어를 구사할 수 있었다.

26. 나 또한

27. 어릴 때 밤에 어머니가 나가시거나

28. 아버지가 야근하실 때면

29. 텔레비전이 많은 도움이 되었다.

30. 어렸던

31. 동생과 나는 둘이 꼭 껴안고서

32. 텔레비전을 보면서

33. 무서움을 떨쳤다.

34. 만약 지금 내가 혼자 산다면

35. 그래도 나는 집에 텔레비전을 들여놓을 생각은 없다.

36. 그것 말고도 할 게 얼마나 많은데

37. 역사 공부해야지

38. 야설 봐야지

39. 판타지 봐야지

40. 책 써야지.

눈 나빠졌다.

1. 초등학교 5학년 때 안경을 시작했다.

2. 어머니가 안경을 쓰셨다.

3. 아버지는 지금 나이 72세인데도 돋보기조차 안 끼신다.

4. 동생은 아버지를 닮아 눈이 좋다.

5. 나와 동생은 텔레비전을 같이 봤다.

6. 내가 더 보지 않았다.

7. 근데 유독 나만 안경을 썼다.

8. 어두컴컴한 방에서

9. 누워서

10. 같이 텔레비전을 봤는데

11. 나만 안경을 썼다.

12. 시력은 급격히 떨어졌다.

13. 6개월마다 안경집에 가서

14. 시력을 재는데

15. 그때마다 한 도수씩 떨어졌다.

16. 안경에 들어가는 돈이 만만치 않았다.

17. 나는 텔레비전 시청이 시력에 나쁘다고 생각했다.

18. 아무래도 나쁜 자세로 보면

19. 나빠지겠지.

20. 그러나 유전도 무시 못 한다.

21. 그리고 꼭 텔레비전만 본다고 시력이 떨어지는 것도 아니다.

22. 아버지도 텔레비전을 자주 보시는데

23. 눈이 좋으신 거 보면

24. 원래 타고나는 것도 있으리라.

25. 다만

26. 텔레비전을 너무 가까이 보면 안 될 것 같다.

27. 가끔 아이들이 텔레비전 1m 앞에서 있는 것을 보는데

28. 위태롭다.

29. 분명 눈이 나빠질 것이다.

30. 시청해도 멀찌감치 띄워 놓는 게 낫지 않을까?

31. 이제 늙어서 그런지

32. 안경을 6개월마다 갈 필요가 없어졌다.

33. 눈 나빠지는 속도가 줄어들었다.

34. 안경 교체 시기가 1년 정도 되는데

35. 도수가 거의 그대로다.

36. 더 떨어질 게 없어서 그럴까?

37. 원래 성장기엔 도수가 더 떨어지나?

38. 혹시

39. 텔레비전을 안 봐서 그러나?

40. 물론 억측이겠지.

늘 그 자리였다.

1. 사람마다 자기 자리가 있다.

2. 어떤 공간이든 그렇게 규정된다.

3. 집에서든,

4. 교실에서든,

5. 회사에서든.

6. 자신이 집에 있는 동안
   제일 많이 눌러 앉아있는 곳이 어디인지 알아보자.

7. 거의 늘 그 자리에 있다는 걸 깨닫게 될 것이다.

8. 아버지는 늘 그 자리에,

9. 어머니도 늘 그 자리에,

10. 동생도 늘 그 자리에,

11. 나도 늘 그 자리에 있었다.

12. 그 자리란 것이 결국 사람을 만든다.

13. 아버지는 텔레비전과 제일 멀리 앉아계셨지만, 텔레비전을 보셨다.

14. 어머니도

15. 동생도

16. 나도

17. 우리 집 식구들은 늘 텔레비전 주변을 서성거렸다.

18. 텔레비전이 우리의 신이었고, 찬양의 대상이었고,

19. 받들어 모신 결과가 되었다.

20. 새벽에 눈이 떠지면

21. 어두침침한 곳에서 텔레비전을 켰다.

22. 그 좋은 시간을

23. 텔레비전에 충성했다.

24. 오늘은 나도 모르게 새벽에 눈이 떠졌다.

25. 이 좋은 시간을

26. 이제는 글 쓰는데 할애하고 있다.

27. 요즘은 항상 어디에 앉느냐?

28. 책상 앞이다.

29. 읽고 쓰기 위함이다.

30. 자리가 사람을 만든다는 말이 있다.

31. 과거 텔레비전 앞에 앉아 있을 때와

32. 현재 책상 앞에 앉아 있을 때의

33. 차이점을 말해 무엇하리.

34. 자식에게 책 읽으라고 텔레비전 켜 놓고 고문하지 말자.

35. 책 읽으라고 하기 전에

36. 텔레비전부터 없애자.

37. 책 안 읽어도 좋다.

38. 종이접기, 야구, 탁구, 레슬링, 큐브, 요요 등등의

39. 몸 놀이가 늘 것이다.

40. 텔레비전 앞에 자리를 만들어 주지 말자.

Ⅲ
텔레비전을 끊기 위해서는

자신을 설득한다.

1. 세상에서 어려운 것 중 하나가

2. 남의 생각을 바꾸는 일이다.

3. 설득하는 거 쉽지 않다.

4. 그러니까

5. 남 설득하기보다

6. 좀 더 쉬운 걸 하자.

7. 먼저 나를 설득하자.

8. 넌 텔레비전 왜 끊으려고 하는데?

9. 진짜로 끊을 거야?

10. 자신 있어?

11. 흔들리지 않을 수 있어?

12. 텔레비전 말고 대신 뭘 할 건데?

13. 진짜로 끊는 이유가 뭐야?

14. 이런 질문에 확실한 대답을 가지고 있어야 한다.

15. 적어도 이런 질문을 받으면

16. 단박에 튀어나와야 한다.

17. 자, 질문 다시 들어간다.

18. 텔레비전 왜 끊으려고 하는데? (노예가 되기 싫다)

19. 진짜로 끊을 거야? (어)

20. 흔들리지 않을 수 있어? (흔들리는 것도 지쳤어)

21. 텔레비전 말고 대신 뭘 할 건데? (텔레비전만 안 봐도 성공이야)

22. 진짜로 끊는 이유가 뭐야? (시간 낭비 좀 덜 하고 싶어서)

23. 이런 부류의 질문을 직접 만들어서 대답해보자.

24. 질문이 많을수록 좋다.

25. 자신을 이기는 자가 가장 강한 사람이다.

26. 어제의 나와 싸워서 이기는 자가 가장 무서운 사람이다.

27. 남과의 경쟁은 의미 없다.

28. 남이라는 것은 불특정다수다.

29. 한 놈만 패자.

30. 바로 어제의 나다.

31. 텔레비전에 찌든 어제의 나

32. 시간 아까운 줄 모르고 수돗물 틀어놓듯 방관했던 어제의 나

33. 남들 잘되는 것만 부러워했던 어제의 나

34. 나를 돌아보지 않고 나를 내버려 두었던 어제의 나

35. 그런 '어제의 나'와 싸우는 거다.

36. 화끈하게 싸우지 말자.

37. 싸움은 매우 길다.

38. 장기전에 대비해서

39. 차분히 그리고 고요히

40. 따라서 냉정히.

배우자를 설득한다.

1. 이게 가장 힘들다.

2. 영원히 풀리지 않는 수수께끼.

3. 칼로 물 베기

4. 아무리 싸워도 답이 나오지 않는다.

5. 그래도 방법은 다 있다.

6. 배우자에게 텔레비전을 없애자고 하면

7. 아마 펄쩍 뛸 것이다.

8. 절대로 그럴 수 없다고 버틸 것이다.

9. 스트레스 푸는 유일한 것이 텔레비전 보기인데

10. 그것마저 못하게 하면

11. 힘들어서 죽으라는 얘기냐며 따져 물을지도 모른다.

12. 그럴 때 이렇게 하면 된다.

13. 어, 맞아. 그냥 죽어.

14. 힘들면? 힘들어서 죽어버려.

15. 텔레비전 못 보게 해서 죽었다고 소문내줄게.

16. 동네 사람들, 여기 텔레비전 못 보게 해서 죽는다는 사람이 있어요.

17. 참 못났죠?

18. 아니면 이렇게 해도 된다.

19. 내가 지금까지 살면서 뭐 해달라는 거 있었어?

20. 크게 바라는 거 없이 살았지?

21. 나 이번에는 꼭 하고 싶은 게 있어.

22. 당신이 꼭 그 소원 들어줬으면 좋겠어.

23. 돈 드는 것도 아니고

24. 우리 가족 위하는 거야.

25. 우리 텔레비전 없애자.

26. 이 소원 하나만 들어주면

27. 내 생일날 선물 안 해줘도 되고,

28. 결혼기념일 모르고 지나가도 되고

29. 어디 놀러 다니지 않아도 돼.

30. 이렇듯 하나를 내어주고 내 것을 얻는 방법이다.

31. 기브 앤 테이크

32. 사실 협상이라는 것은 주고받아야 한다.

33. 뭔가를 얻기 위해서는 하나를 줘야 한다.

34. 어? 그래? 그럼 텔레비전 없애는 대신

35. 나 매일 술 마시고 늦게 들어와도 되는 거지?

36. 그러면 내가 그 소원 들어줄게.

37. 라고 말하면 어쩌냐고?

38. 그래 좋아. 당신이 그렇게 원한다면 그렇게 해.

39. 내가 원하는 걸 얻었으니까 당신도 그래야지.

40. 이런 단호함을 보여줘라.

아이를 설득한다.

1. 아이 설득이야 쉽지.

2. 까라면 까는 거지

3. 어디 건방지게 덤비겠는가.

4. 배우자 설득에 비하면

5. 새 발의 피다.

6. 그래도 민주적으로 대화는 하는 게 맞다.

7. 아들아

8. 아빠는 네가 텔레비전 보는 모습이 너무 싫단다.

9. 아빠도 네 나이 때 텔레비전 보면서 컸는데

10. 지금 생각해보니까

11. 남는 게 하나도 없는 거야.

12. 멍청해지는 거 같고

13. 시간만 버리고

14. 그래서 우리 집에서 텔레비전을 없애기로 했어.

15. 물론 아빠도 보지 않을 거야.

16. 우리 가족이 다 잘 됐으면 좋겠어.

17. 그래서 이번에 엄마랑 상의해서

18. 텔레비전 없애기로 했으니까

19. 아들도 따라주었으면 좋겠어.

20. 엄마, 아빠도 텔레비전 안 보는 거니까

21. 우리 다 같이 해보자.

22. 일주일만 해보자.

23. 그리고 성공하면 맛있는 거 사 먹으러 가자.

24. 네가 갖고 싶은 것도 사줄게.

25. 친구들은 보는데 너만 안 보면 왕따 당하면 어떻게 하냐고?

26. 그럴 일 없을 거야.

27. 아빠가 아는 집도 텔레비전 없앴는데

28. 아무 이상 없데.

29. 그리고 정말 보고 싶은 프로는

30. 주말에만 딱 한 프로 보자.

31. 컴퓨터로 내려받아서 보자고.

32. 어때? 할 수 있겠지?

33. 자 내일부터 텔레비전은 우리 집에서 없어지는 거로 하는 거다!

34. 이 정도만 해도 좋은 부모다.

35. 이 정도만 해도 된다.

36. 우리는 보면서 자식만 못 보게 하는 부모들이 얼마나 많은가.

37. 솔선수범하니까

38. 같이 안 보는 거니까

39. 잘해나갈 수 있다.

40. 아자!

부모님을 설득한다.

1. 부모님 설득도 만만치 않다.

2. 두 가지로 분류된다.

3. 내가 부모님을 모시고 사는 경우와 내가 부모님 집에서 사는 경우다.

4. 내가 부모님을 모시고 사는 경우를 먼저 보자.

5. 어머니, 집에서 텔레비전을 없애려고 했어요.

6. 청천벽력(靑天霹靂). 늙은 엄마는 텔레비전을 보는 낙으로 사는데 그걸 없앤다니.

7. 이런 불효자가.

8. 이유를 설명해줘야 한다.

9. 아이들 교육 때문에 다들 없앤다고 하네요.

10. 자식들이 잘되길 바라시죠?

11. 그러니까 그렇게 해주세요.

12. 대신 제가 매일 책 읽어드리고 말동무해드릴게요.

13. 엄마 심심하지 않게 있어 줄게요.

14. 그래도 심심하면 엄마 방에서 라디오는 놔 드릴게요.

15. 한 번 만 도와주세요.

16. 안 해줄 부모가 어디 있겠는가.

17. 돈을 달라는 것도 아니고,

18. 잘살아 보겠다고 하는데

19. 어느 부모가 삐치겠는가.

20. 두 번째로 어머니 집에서 의탁할 때는

21. 똑같은 방법을 쓴다.

22. 엄마 나 잘 되는 거 보고 싶지?

23. 나 성공하는 거 보고 싶지?

24. 또 얘가 왜 이러나 싶을 거다.

25. 이거 또 돈 달라는 수작인데…

26. 돈 필요 없고, 그냥 하나 버리기만 하면 돼요.

27. 집에 텔레비전 좀 없애자.

28. 그것만 없애만 나 잘 될 거 같아.

29. 그것 때문에 자꾸 시간을 빼앗기고

30. 종일 거기 앞에서만 붙어살기도 지쳤어. 엄마.

31. 나 성공하고 싶어.

32. 엄마도 그게 좋지?

33. 이래도 엄마가 설득이 안 되면 이렇게 하자.

34. 그럼 나 독립하게 방 하나 얻어주세요.

35. 이놈의 집구석은 자식이 잘되는 꼴은 못 보지?

36. 갖은 협박과 회유를 통해

37. 반드시 의견을 관철하자.

38. 아니 주식에 투자한다고 돈 달라는 것도 아니고,

39. 보증 서달라는 것도 아닌데

40. 이런 거 안 들어줄 부모 있겠는가.

텔레비전을 버린다.

1. 마음먹었을 때

2. 과감히 버리자.

3. 이번 주까지만 보고 버려야지, 라고 생각하지 말자.

4. 바로 버리자.

5. 남편과 상의하고 버려야지 하지 말자.

6. 못 버린다.

7. 생각했을 때 바로 실행에 옮기자.

8. 비싸다고?

9. 누구 줘야겠다고?

10. 악마의 속삭임이다.

11. 그 어떤 이유가 생각나더라도

12. 과감하게 일단 버려놓고 생각하는 거다.

13. 코드를 뽑는다.

14. 든다.

15. 현관문을 연다.

16. 아니, 현관문을 열고 텔레비전을 든다.

17. 무거우면? 옆집 아줌마라도 불러서 든다.

18. 도저히 혼자 못 들겠으니 저녁에 남편 오면 같이 버리겠다고?

19. 절대로 그런 일은 벌어지지 않으리라.

20. 그러니 경비아저씨라도 불러서 버리자.

21. 관리실에 전화해서 도와달라고 하자.

22. 주택에 살면

23. 앞집 아저씨라도 불러서 버리자.

24. 버리고 나서 가족들을 설득하는 거다.

25. 버렸다.

26. 이미 버려버렸다.

27. 오늘부터 집에 텔레비전은 없다.

28. 다시 찾아올 수 없으니까 일단 오늘은 텔레비전 없이 지내보자.

29. 그 비싼 걸 왜 버렸냐! 미친 거 아니냐!

30. 라는 타박을 들어도 그냥 고개만 끄덕여주자.

31. 맞아요, 버렸어요. 이제 다시는 못 찾아와요.

32. 새로 사든지 해야 해요.

33. 전 미쳤어요.

34. 어쩔 수 없죠.

35. 당장 할부로라도 사자고 하면?

36. 정말 화가 나서 못 말릴 거 같으면 사자.

37. 그리고

38. 배달이 오면

39. 그날 다시 버리자.

40. 세 번만 반복하자.

책을 산다.

1. 텔레비전을 버린 자리는

2. 책으로 채우는 게 제일 좋다.

3. 제일 싸게 먹히니까

4. 텔레비전 치운 자리에

5. 대신 옷을 걸 것인가.

6. 쓰레기통을 놓을 것인가.

7. 가장 대체할 만한 건 책이다.

8. 뭐 돈이 좀 있으면

9. 피아노나

10. 탁자나

11. 소파나

12. 전축 같은 것을 놓는 것도 좋겠다.

13. 비워두지 말자.

14. 비워두면 다시 텔레비전이 들어온다.

15. 빈자리를 바로 채우자.

16. 책장을 미리 맞춰놓고

17. 그게 배달 오는 날

18. 텔레비전을 없애 버리는 것도 좋은 방법이다.

19. 급작스럽게 텔레비전을 없애면

20. 가족들이 깜짝 놀랄 것이다.

21. 싸울 수도 있고

22. 고성이 오갈 수도 있다.

23. 그러고 싶지 않으면

24. 미리 설득해놓고 실행하자.

25. 책을 살 때는

26. 좋아하는 책으로 사자.

27. 쉬운 책이 좋다.

28. 만화책 좋다.

29. 만화가 얼마나 재미있는가.

30. 말도 안 되는 일들이 만화 속에서는

31. 너무도 쉽게 벌어진다.

32. 그런 경험을 가족과 공감해보는 것도 좋겠다.

33. 소설책이 좋으면 소설로 쫙 깐다.

34. 한 100만 원어치 사면 빈자리를 꽉 메울 수 있을 것이다.

35. 될 수 있으면 새 책으로 사자.

36. 그래야 책값 아까워서라도 읽는다.

37. 읽지도 않는 책 갖다 놔봐야 소용없고

38. 읽을 만한 책으로 갖다 놓자.

39. 세계문학 전집, 한국문학 전집, 세계 전래동화, 동서양 고전, 인문 서적 이 따위 거 놓지 말고

40. 잡지, 만화, 무협지, 판타지 같은 거 좋잖아.

취미 생활을 한다.

1. 텔레비전 때문에 그동안 손 놨던 취미에 대해 좀 더 집중해 보자.

2. 뭐? 취미가 텔레비전 보는 거였다고?

3. 그럼 새로운 취미를 만들면 되지.

4. 무취미가 취미일 수도 있다.

5. 이런 사람은 그냥 취미 없이 취미를 즐기면 된다.

6. 저는 취미가 없는 게 취미랍니다.

7. 그래서 지금 취미 없는 취미를 하고 있답니다.

8. 취미가 없어서 텔레비전을 봤더랬죠.

9. 겨우 만든 취미였는데

10. 다시 취미가 없어졌네요. 휴~

11. 취미도 시간을 많이 잡아먹거나

12. 돈이 많이 드는 것보다

13. 텔레비전 보듯이 간단하고 언제 어느 곳에서나

14. 할 수 있는 취미가 제격이다.

15. 뭐 그런 거 없을까?

16. 게임?

17. 텔레비전 보는 거나 게임을 하는 거나 뭐가 다른가.

18. 도긴개긴이다. 게임은 빼자.

19. 독서 어떤가? 좋다.

20. 퍼즐 맞추기 어떨까?

21. 스도쿠 어떤가?

22. 필사는?

23. 그림 그리기

24. 새로운 악기 배우기?

25. 사진?

26. 이것도 저것도 싫으면?

27. 그래 잠을 취미로 하자.

28. 취미란 것이 우습게 보이지만 사실 자신을 제대로 알 수 있고

29. 표현할 수 있는 통로다.

30. 돈을 벌기 위해, 명예를 얻기 위해 했던 일을 떼고

31. 진정으로 자신만을 위한 일이 바로 취미다.

32. 가장 나다운 일이 바로 취미다.

33. 손 뜨개질하는 우리 엄마, 고스톱 치는 우리 엄마

34. 엄마의 취미다.

35. 엄마 그거 왜 해? 재밌다고? 시간 가는 줄 모르겠다고?

36. 취미는 이런 거다.

37. 이런 거 하나쯤 더 해서 둘쯤 만들면

38. 삶이 풍요로워진다.

39. 고런 거 없나?

40. 시간 가는 줄 모르게 미치도록 빠져드는 거?
    텔레비전 말고! 게임 말고!

텔레비전을 버린다. 2

1. 아직도 텔레비전 안 버렸지요?

2. 그럴 줄 알고

3. 다시 또 같은 제목의 꼭지 글을 씁니다.

4. 빨리 버려요

5. 더 늦기 전에.

6. 생각했을 때 버려야 합니다.

7. 뭐가 아쉬워서 놓지 못하고 있습니까!

8. 빨리 버리세요.

9. 마지막 기회에요.

10. 중독 좀 끊어 봅시다.

11. 제가 정중하게 존댓말로 쓰고 있지 않습니까?

12. 제 소원입니다.

13. 제발 텔레비전 좀 끊으세요.

14. 언제까지 그러고 살 겁니까?

15. 텔레비전 앞에서 허송한 세월이 얼마나 아깝습니까?

16. 텔레비전으로 얻은 게 더 많습니까?

17. 잃은 게 더 많습니까?

18. 본인은 그렇다 쳐도

19. 자라나는 새싹들 인생까지 망치면 되겠습니까?

20. 그게 부모로서 할 짓입니까?

21. 좋은 거 해 입히고

22. 맛있는 거 먹이고

23. 좋은 데 구경시켜주는 거만 하면

24. 부모의 역할을 다하는 겁니까?

25. 좋은 습관을 들여 줘야지요.

26. 아이가 할 일 안 하고

27. 텔레비전 앞에서만 있기를 원합니까?

28. 그 꼴 이제 지겹지도 않습니까?

29. 당장 버리세요.

30. 아이의 말랑말랑한 뇌를 망쳐놓지 마세요.

31. 꿈을 꿀 기회를 주자고요.

32. 생각할 시간을 주자고요.

33. 공부, 공부만 요구하지도 말자고요.

34. 본인이 직접 생각해서 원하는 일을 할 수 있도록

35. 아이에게 기회를 주자고요.

36. 텔레비전이라는 가상현실 속이 아니라

37. 본인의 진짜 삶을

38. 직접 살게 해주자고요.

39. 자, 코드를 뽑습니다.

40. 버립니다.

텔레비전을 10년 끊어보니까

초판1쇄 발행 ㅣ 2017년 6월 23일

지은이 ㅣ 김우태
펴낸이 ㅣ 공상숙
펴낸곳 ㅣ 마음세상

주 소 ㅣ 경기도 파주시 한빛로 70 507-204

신고번호 ㅣ 제406-2011-000024호.
신고일자 ㅣ 2011년 3월 7일

ISBN ㅣ 979-11-5636-088-9

문의 및 원고 투고 ㅣ maumsesang@naver.com
홈페이지 ㅣ http://maumsesang.blog.me
까페 ㅣ http://cafe.naver.com/msesang

* 값 12,000원

* 이 책은 저작권법에 따라 보호 받는 저작물이므로 무단 전재와 복제를
금지합니다. 이 책의 내용 전부나 일부를 이용하려면 반드시 저자와 마
음세상의 서면 동의를 받아야 합니다.

이 도서의 국립중앙도서관 출판예정도서목록(CIP)은 서지정보유통지원시
스템 홈페이지(http://seoji.nl.go.kr)와 국가자료공동목록시스템(http://www.
nl.go.kr/kolisnet)에서 이용하실 수 있습니다. (CIP제어번호 : CIP2017011868)